湖南扇（下）

[日] 芥川龙之介 著

周钰 林敏洁 译

目录

河童 1

诱惑 71

梦 103

古千屋 114

胤子的烦忧 122

齿轮 130

三道何故 180

冬 188

书信 200

三扇窗 210

暗中问答 225

一个愚人的一生 242

浅草公园 281

河童①

序

这是某精神病院的患者——第二十三号逢人便讲的故事。他已年逾三十,然而,乍一看却活脱脱是一个年

---

① 河童,日本传说中的生物,想象中的一种动物。身体像是赤裸的儿童,脸像老虎。

轻的疯子。他半生的经历——罢了，那样的细枝末节无足轻重。他只是一动不动地抱着双膝，一面时不时看向窗外（铁栅栏的窗户外，一棵枯叶尽落的青冈栎，枝干伸展向晦暗将雪的天空），一面对着院长S博士和我滔滔不绝地讲述这个故事。当然讲述过程中他并非全无动作，比如，当他说到"吓了一跳"之时，就会突然将脸向后一仰……

我自认自己颇为准确地记录下了他的所言所语。若是有人觉得我的笔记差强人意，敬请前往东京市外××村的S精神病院耳听为实。看起来比实际年龄年轻的第二十三号会首先毕恭毕敬地低头行礼，指着没有坐垫的椅子请你落座。接着他会露出怅然若失的微笑，心平气和地重复这个故事。最后——我仍旧记得话音终了时他的神色。最后，他一起身，立即抡起拳头，无论对方是谁，他都勃然大怒——"滚出去！你这个混蛋！你也是愚不可及、小肚鸡肠、面貌猥琐、厚颜无耻、目中无人、丧心病狂、自私自利的动物。滚出去！你这个混蛋！"

那是发生在三年之前某个夏日的事。我像其他人一样背着背包，打算从上高地的温泉旅馆出发，前去攀登穗高山。众所周知，要登上穗高山必须要沿梓川溯流而上。以前，别说穗高山，我连枪岳山都攀登过。于是，我没有请向导，而是一个人步行在晨雾笼罩下的梓川河谷。我步行在晨雾弥漫下的梓川河谷——但是那雾气丝毫没有消散的迹象，不仅如此，反而越发浓烈。我走了约一小时，曾一度打算折回上高地的温泉旅馆。然而即便要返回上高地，也须得等到雾气消散，而雾气却分分秒秒都在变浓重。"也罢，继续爬下去吧。"我如此思量，为了不偏离梓川河谷，我便沿着河谷在山白竹丛里穿行。

然而浓雾依旧遮蔽着我的视线。浓雾之中，时而可见粗壮的山毛榉和日本冷杉的树干垂下绿色的叶子。之后，放牧的牛马也猝不及防地出现在我面前。然而它们刚刚出现，立刻又隐匿于朦胧雾气之中。这时，我的脚疲惫无力，肚子也开始饿起来——加之，被雾气湿透的登山服和毯子等物变得异常沉重，我终于放弃挣扎，决定循着溅在岩石上的水声走下梓川河谷。

我在水边的岩石上坐下,暂且吃点东西果腹。我打开牛肉罐头,收集枯枝生起火——做这些事差不多花费了十分钟。此时,与人不对付的雾气不知不觉一点点消散。我啃着面包,看了一眼手表,已经是一点二十多了。然而更让人瞠目结舌的是,手表的圆形玻璃盖上映射出了一张令人毛骨悚然的脸。我大吃一惊,回过头看。于是乎——实际上,这是我第一次看见河童这种生物。我身后的岩石上有一只同画上一模一样的河童。他一手抱着白桦树干,一手搭在眼睛上,一脸稀奇地俯视着我。

我呆若木鸡,好一阵子身体都一动不动。河童好像也受了惊,搭在眼睛上的手丝毫不动。此时,我一跃而起,扑向岩石上的河童。与此同时,河童跑了。不,应该是"恐怕"逃跑了吧。实际上他轻巧地一转身,即刻就消失了踪影。我越发吃惊,环顾着四周的山白竹丛。这个当口,我发现,原来河童做出逃跑的姿势,却在离我两三米远处回头看着我。这倒无甚奇怪。但是令我意外的是河童身体的颜色。站在岩石上看着我的河童通体灰色,而如今他的身体却完全变成绿色。我提高声音大喊道"畜生",再次扑向河童。自然,河童逃开了。之后三十来分钟,我穿过山白竹丛，越过岩石，不顾一切地追赶河童。

河童脚程之快，毫不逊色于猴子。我一心只顾追赶的过程中，数度差点追丢了河童的身影。在此期间，我还数次脚滑摔倒。但是，当我追赶到一棵伸展着粗壮枝叶的高大日本七叶树之处，幸而一头放牧牛挡住了河童去路。这是一头牛角壮硕，眼睛充血的公牛。河童见此公牛，不禁发出悲鸣，连滚带爬一般跳进高大的山白竹之中。我——我窃喜"这下好了"，妄自穷追不舍。可是，那里有一个我一无所知的洞穴，我的指尖终于触碰到河童光滑的后背时，就立刻倒头栽进一片漆黑之中。然而所谓人类之心，即便在千钧一发之际也会想一些不着边际之事。我"啊"地叫了一声，恰好想起上高地的温泉旅馆旁边有一座"河童桥"之事。后来——后来的事我一概不知，我只觉得眼前有一道好似闪电之物，不知不觉便失去了意识。

二

此后，终于恢复意识的我发现，自己仰躺着，被一大群河童团团包围。此外,还有一只宽嘴巴、架着夹鼻眼镜的河童跪在我身体一侧,正将听诊器贴在我的胸口。那只河童见我睁开了眼睛,便做手势示意我"安静些",接着对身后的河童说道"Quax,quax"。于是乎,不知自何处而来的两只河童抬着担架走过来。我被抬上担架,在一大群河童的簇拥下静静地走了好几百米。两侧的街道与银座大街几乎一模一样。道路两侧,山毛榉林荫道的树荫里,林林总总的店铺都支起了遮阳棚。道路上,来来往往的汽车川流不息。

终于,抬着我的担架拐进了一条窄小的巷子,进入了一户人家里。后来我才知道,那里是那只戴着夹鼻眼镜的河童——名为察克的医生的家。察克让我躺在一张整洁的床上,而后又让我饮下了一杯透明药水。我躺在床上,任凭察克摆布。事实上我身上每个关节都疼痛难忍,根本无法动弹。

察克每日定会为我诊查两三次。此外,我最初看见的那只河童——名叫巴顾的渔夫约每三日会来看望我一次。比起我们人类了解河童的程度,河童显然更为深谙人类之事。这大约是因为比起我们人类捕获的河童,河童捕获的人类则要多得多。即使不是"被捕获",在我之前,也经常有人类来到河童之国。不仅如此，这些人当中很多人一辈子住在河童之国。要问为何，因为我等并非河童，所以拥有人类的特权，可以不用劳作而衣食无忧。实际上，据巴顾所说，一个年轻的道路工人偶然误入河童之国，娶了雌河童为妻，在此终老。自然，那雌河童是此国第一美人，哄骗那道路工人丈夫的手段也精妙绝伦。

约一周后，根据这个国家的法律规定，我作为"特别保护住民"在察克家隔壁安顿了下来。我的家虽小却建造得十分出色。自然，这个国家的文明与我等人类国家的文明——至少与日本文明相差无几。我家临街的客厅角落里有一架小巧的钢琴，墙上还装饰有裱框的蚀刻版画。最为紧要的，房子大小、桌子和椅子的尺寸皆是按照河童的身量制作，所以我就好似被放进孩童的房间一般。唯有这点有些不便。

每到日暮西沉之时，我便在这房间里招待察克和巴顾，跟他们学习河童的语言。不，不仅只有他俩。大家都对我这个"特别保护住民"心生好奇，因而每日特地请察克去帮忙量血压的玻璃公司社长盖尔等人也会来我家。然而最初的半个月，与我最为亲近的还是那个叫巴顾的渔夫。

一个暖洋洋的黄昏，我和渔夫巴顾在这房间里隔着桌子相对而坐。此时，不知巴顾想到了何事，突然不发一言，瞪大原本就很大的眼睛，目不转睛地盯着我。我自然觉得奇怪，便问，"Quax, Bag, quo quel quan?"这句话翻译过来便是，"喂，巴顾，怎么了？"然而巴顾没有回答。不仅如此，他还突然站起来，一下子吐出舌头，甚至还摆出要像青蛙跳一般扑过来的架势。我越发胆战心惊，悄悄地从椅子上起身，打算一个箭步飞奔向门口。幸好医生察克在这个当口出现。

"喂，巴顾，你在做甚？"

察克架着夹鼻眼镜，瞪着巴顾。于是巴顾好像很不好意思的样子，手不断摸着脑袋，向察克道歉。

"实在万分抱歉。我见这位先生害怕的样子着实有趣，于是便由着性子捉弄他。也请先生您宽恕。"

三

在继续往下讲之前，我须得对河童之物稍作说明。所谓河童，是否真实存在尚存疑问。但是，我自己曾与他们一起生活过,所以这一点应已无疑问。若问他们是何种动物的话,脑袋上长有短毛自不必说,手脚有蹼,这些俱与《水虎考略》①的记载无太大出入,身高一米左右。据医生察克所言,河童的体重一般二十磅到三十磅——偶有五十多磅的大河童。此外,他们的脑袋正中间有个椭圆形凹陷。据说那凹陷会随年龄增长而日益变硬。事实上,上了年纪的巴顾的凹陷与年轻的察克的手感完全不同。然而最不可思议的当数河童的肤色。与保持固定肤色的我等人类不同,河童的肤色可以不断变化,从而与周围环境的颜色保持一致。例如,在草丛中,他们的皮肤会变成草的颜色——绿色;在岩石上的话,便会变成与岩石一样的颜色——灰色。自然这本领并非河童所独有,变色龙亦如此。或许河童的皮肤组织有什么与变色龙相似的物质。我发现这一事实时,便想起根据民俗学上的记载,西国的河童是绿色,东北的河童则是红色的。不仅如此,我想起当初自己追赶巴顾时,突然他不知跑去了哪,不见了踪影。且河童皮下似乎有相当厚的脂肪,即便在温度相对较低(平均温度华氏五十度左右)的这个地下之国,

---

① 《水虎考略》,1820年古贺侗庵著。古贺侗庵(1788—1847),江户时代后期的汉学者。本姓刘,名煜。

他们也"不知衣服为何物"。当然,河童们也会戴眼镜,携带香烟盒,持钱包。但是,河童与袋鼠一样,腹部有个口袋,所以装那些东西并无不便。只是让人好笑的是,他们连腰的周围也不曾遮掩一下。有次,我试着问巴顾为何会有此种习惯。巴顾向后一仰,咯咯地笑个不停,还回敬我说:"我觉得像你这般遮遮掩掩才真是滑稽。"

四

我逐渐掌握了河童的日常用语,于是也渐渐能够理解河童的风俗习惯。但是其中最令我费解的是这样一个滑天下之大稽的习惯——我等人类认为十分严肃之事,河童却觉得可笑;同时我等人类觉得可笑之事,河童却认真非常。比如,我等人类认为正义啊、人道啊十分严肃,而河童听闻此言,却捧腹大笑。换言之,他们对滑稽的认知与我等所认为的滑稽,标准截然不同。一次,我与医生察克聊起节制生育一事。察克听罢,张大了嘴,笑得前仰后合,差点弄掉夹鼻眼镜。自然,我很是恼火,诘问有何好笑。我记得察克的回答大致如下。细微之处或许或多或少有些出入，毕竟彼时的我尚不能将河童的语言融会贯通。

"一味考虑父母的方便，实在可笑，未免太过自私自利。"

与此相反，在人类看来，没有比河童生育更令人忍俊不禁之事。事实上，过了几日，我前往巴顾的小屋观摩巴顾妻子生产。河童生产之时与我等人类一样，也会请医生和产婆来帮忙。然而，到临产之时，河童父亲会像打电话一般将嘴贴上河童母亲的生殖器，大声问道"要不要来到这个世界上，你仔细考虑后回答我"。巴顾也是如此跪在地上，反复询问。然后他用桌子上的消毒药水漱了漱口。此时，巴顾妻子腹中的孩子似是有所顾虑地小声回答：

"我不想出生。首先，要是遗传了父亲的精神病就麻烦了。此外，我认为河童的存在本就是大错特错。"

巴顾听到回答，不好意思地挠了挠头。这时，在场的产婆立刻将一根粗玻璃管子插进巴顾妻子的生殖器里，往里面注射进了什么液体。于是，巴顾妻子如释重负，长舒了一口气。与此同时，适才还膨起来的肚子像泄了氢气的气球一般瘪了下来。

从河童婴儿尚且能如此对答来看，河童的孩子一出生，应该就能走会说。据察克说，有个孩子在出生后第二十六日就针对神的有无进行了演讲。然而那个孩子在出生后第二个月就死了。

言及生育，顺便提一下我来到这个国家的第三个月，偶然在某街角看到的大幅海报之事。那大幅海报的下方绘有十二三只河童，或是吹喇叭或是持剑。在那之上排列有一大片河童所使用的好似钟表发条一般的螺旋文字。若是翻译这些螺旋文字，则大概意思如下。自然，细枝末节也许有所出入。总之，与我同行的、名叫拉蒲的河童学生大声念给我听，我便一一做了笔记。

招募遗传义勇军！！！
健全的男女河童啊！！！
为扑灭不良遗传，
请和不健全的男女河童结婚吧！！！

当时，我自然也对拉蒲说，这种事绝无可能。于是，不仅是拉蒲，就连聚集在海报旁边的河童们都哈哈大笑起来。

"不可能？但是照你所说，我认为你们也与我们一样是如此做派。你以为，缘何少爷迷恋上女仆，小姐爱上司机？那皆因大家在无意识之中要扑灭不良遗传。第一，比起此前你提起的你们人类的义勇军——为争夺一条铁路便互相残杀的义勇军——比起那种义勇军，我觉得我们的义勇军何等高尚！"

拉蒲如此正色说道，只有他那圆鼓鼓的肚子不断起伏，甚是好笑。而我，哪顾得上笑，着急忙慌地要去抓一只河童。因为我发现，那只河童趁我不注意，偷了我的钢笔。然而皮肤光滑的河童哪有那么容易被抓住。那只河童刺溜一下挣脱后马上撒腿就跑。他那蚊子一般的瘦弱身躯像要倒地一般向前倾斜着。

五

这只名叫拉蒲的河童对我的照顾不亚于巴顾。其中最令我难以忘怀的是他将我介绍给了一位名叫拓库的河童。拓库是河童中的诗人。诗人留有长发，这一点与我等人类一模一样。为了打发时间，我隔三岔五地去拓库家玩。

拓库总是在狭窄的房间里摆放着一列高山植物的盆栽，写写诗、抽抽烟，似乎过得惬意自得。此外，房间角落里有一只雌河童（拓库是自由恋爱家，因而不娶妻）在织毛线什么的。拓库一看见我，总是微笑着说（然而河童的微笑并不好看。至少最初我甚至觉得狰狞）：

"啊，来得正是时候。请坐这把椅子吧。"

拓库经常谈论河童的生活、河童的艺术之类。据拓库主张，没有什么比稀松平常的河童生活更为愚蠢。父母子女、夫妇、兄弟等皆是以互相折磨作为唯一的乐趣。尤其家族制度更是荒唐至极。一次，拓库指着窗外，咬牙切齿地说道："瞧，那个愚蠢的模样！"窗外的道路上有一只年轻河童，脖子上悬挂着以似是双亲为首的七八只雌雄河童，上气不接下气地向前走着。不过我佩服那只年轻河童的牺牲精神，因而反倒褒扬其勇健。

"哼，即便在这个国家，你也够格当公民了……话说回来，你是社会主义者吧？"

我当然回答道"qua"（在河童所使用的语言中，这是"是"的意思）。

"那么为了一百个凡夫俗子而牺牲一个天才，也在所不惜喽。"

"那你是何主义者呢?有人说拓库你的信条是无政府主义……"

"我?我是超人(直译的话,是'超河童')。"

拓库自信满满地放出话来。拓库在艺术方面的见解独具一格。拓库主张,艺术应该不受任何支配,应为了艺术而艺术。于是艺术家首先必须是摒弃善恶的超人。当然这并非拓库独一家的见解。拓库的诗人朋友们大多也抱持相同意见。事实上,我时常与拓库一起去超人俱乐部戏耍。聚集在超人俱乐部的有诗人、小说家、戏曲家、批评家、画家、音乐家、雕刻家以及艺术上的门外汉们。但他们皆是超人。他们总是在灯火通明的沙龙里谈笑风生,还时不时志得意满地互相展示一下他们的超人本领。例如,一位雕刻家在大盆全缘贯众盆栽里抓住一只年轻河童,频频玩弄男色。还有一只雌性小说家站在桌子上,喝六十瓶苦艾酒给大家看。而当喝到第六十瓶的时候,她摔到桌子下,当场去世。

一个月色正好的夜晚,我挽着诗人拓库的胳膊,从超人俱乐部回来。拓库一反常态,闷闷不乐,不发一语。这时我俩正经过一个透出灯火的小小窗前。窗内有一对夫妇模样的河童与三只孩童模样的河童一起围坐在晚餐

的桌子旁。这时,拓库叹着气,突然与我说道:

"虽然我以超人恋爱家自居,然而看到那样的家庭景象,仍会羡慕不已。"

"但是,无论如何,你不觉得这很矛盾吗?"

然而拓库在月光之下一动不动地抱着胳膊,注视着那扇小小窗户里——平静和美的五只河童的晚餐桌。过了一会儿,他如此回答道:

"无论如何,那盘日式玉子烧总比恋爱什么的有益健康啊。"

六

事实上,河童的恋爱与我等人类的恋爱,其意趣大相径庭。雌河童一旦发现心仪的雄河童,会立刻不择手段捉住他。最老实率真的雌河童会不顾一切追赶雄河童。实际上,我就撞见过一只雌河童好似发疯了一般追赶一只雄河童。不,不仅如此,年轻的雌河童自不必说,就连雄河童的双亲兄弟都会帮忙一起追赶。雄河童真是惨极,四处逃窜后,即便运气好得以脱身,起码也要在床上躺上两三个月。一日，我正在自己家里看拓库的诗集，那个叫拉蒲的学生突然冲了进来。拉蒲跌跌撞撞跑进我家，瘫倒在地板上，气喘吁吁地说道：

"了不得了！我最后还是被抱住了。"

我马上丢开诗集，锁上门。然而我从钥匙孔往外一看，一只脸上涂着硫黄粉末的矮个子雌河童正在门前徘徊呢。自那日起，拉蒲在我家床上躺了好几周。不仅如此，拉蒲的嘴不知何时，整个烂掉了。

但是，并不是说没有拼命追赶雌河童的雄河童。然而那实际上是雌河童设下的圈套，让雄河童不得不追赶。我也见过发疯了一般追赶雌河童的雄河童。雌河童逃跑时还故意时不时站住，或是停下来趴在地上。此外雌河童还会瞅准时机，装出疲惫不堪的样子，轻而易举地束手就擒。我看见雄河童一抱住雌河童，就滚在了地上。但是，当雄河童好不容易站起来一看，却见他脸上露出的不知是失望，还是后悔，总之是难以形容的可怜表情。但这仍旧算好的。我还看见过一只小小的雄河童追赶雌河童。雌河童照例引诱似的逃跑。于是乎一只高大雄河童哼着鼻子从对面街道走了过来。雌河童一看到这只雄河童，突然尖声惊叫起来："不得了了！请帮帮我。那只河童想要杀我！"那只高大河童自然立刻抓住小河童，将他压制在道路正中。小河童长着蹼的手在空中抓挠了两三次，终是一命呜呼。但是这时，雌河童却是笑嘻嘻地紧紧勾住了高大河童的脖子。

我所认识的雄河童都不约而同地曾被雌河童追赶过。就连已经娶妻的巴顾也被追赶过，且有两三次还被捉住。只有一位名叫玛谷的哲学家（这是住在诗人拓库隔壁的河童）一次也未被抓住过。原因之一，像玛谷这般其貌不扬的河童也实在少有。此外，也是玛谷常年待在家里，不怎么抛头露面的缘故。我也时常去玛谷家找他聊天。玛谷总是在稍显昏暗的房间里点上七彩玻璃提灯，坐在高脚桌子前，一个劲儿地读着厚重的书。一次，我与玛谷聊起河童的恋爱：

"为何政府不更加严令禁止雌河童追赶雄河童呢？"

"原因之一是官吏之中雌河童甚少。比起雄河童，雌河童的嫉妒心更强。只要增加雌河童官吏，较之现在，雄河童就多少能过上不被追赶的生活。但是这效果却也有限。若问何故，那是因为官吏同事之间也是雌河童追逐雄河童。"

"那么，似你这般生活最为幸福喽。"

一听这话，玛谷起身，握着我的手，一边叹气一边说道：

"你并非我们河童，自然不会明白。即便是我，有时也会生出想被那恐怖的雌河童追赶的念头。"

七

我还经常与诗人拓库一起去听音乐会。然而，我至今都难以忘怀的是第三回去听音乐会的情形。会场的陈设与日本几乎相差无几。同样是阶梯式座位上坐着有雌雄河童三四百只，他们手里都拿着节目单，全神贯注地侧耳倾听。第三回的音乐会，我与拓库，拓库的雌河童以及哲学家玛谷一起，坐在最前排的座位上。大提琴独奏结束后，一只眼睛极细长的河童落落大方地抱着乐谱，走上台去。如节目单上介绍，这只河童是知名作曲家，名叫库拉巴库。按照节目单所示，不，根本无需看节目单。库拉巴库是拓库所属的超人俱乐部的会员，我与他打过照面。

"Lied—Craback（乐曲——库拉巴库）.（这个国家

的节目单大多也是德语写成。）"

库拉巴库在热烈的掌声中向大家略略施礼，而后静静地走向钢琴，接着游刃有余地弹起自己创作的乐曲。据拓库说，库拉巴库是此国家音乐家中的绝无仅有、空前绝后的天才。我当然喜欢库拉巴库的音乐，又对他的副业抒情诗兴趣浓厚，因而洗耳恭听那架大弓形钢琴的乐音。而拓库和玛谷陶醉之情尤胜于我。唯有那只美丽的（至少据河童所言）雌河童紧紧攥着节目单，时而似是焦躁不已地吐出长长的舌头。照玛谷说，她十年前没能抓住库拉巴库，至今还将这位音乐家视作眼中钉。

库拉巴库热情洋溢，好似战斗一般继续弹奏钢琴。此时，"禁止演奏"的声音突然似惊雷一般响彻会场。我被这声音吓了一跳，不由得朝后看去。声音的主人正是坐在最后一排座位上的高大警察。我回头看之时，警察怡然自得地坐着，用比先前更加狠厉的洪亮声音怒道："禁止演奏！"而后——

而后全场极为混乱。"警察暴行！""库拉巴库，弹！继续弹！""傻瓜！""畜生！""滚出去！""不要输！"——种种声音不断涌现。其间，椅子倒地，节目单乱飞，此外不知谁扔的苏打汽水的空瓶、石头和啃过的黄瓜也从天而降。我瞠目结舌，想要问拓库为何会如此。但是拓库看起来也兴奋不已，站在椅子上持续叫喊："库拉巴库，弹！继续弹！"不仅如此，拓库的雌河童也不知不觉忘记敌意，劲头丝毫不逊于拓库，喊道："警察暴行！"我只好转而去问玛谷："怎么回事？"

"这个场面吗？这种事经常在这个国家发生。原来，绘画啊，文艺啊……"

每当东西一飞来玛谷就缩一下脑袋，一边平静地解释道：

"原来画也罢，文艺也罢，表达什么任谁看都是一目了然。所以在这个国家绝对不会被禁止贩卖或是禁止展览。与此相对，国家却会禁止演奏音乐。音乐这东西，无论如何伤风败俗，没有耳朵的河童是无法领会的。"

"但是那个警察有耳朵吗？"

"是啊，这的确有疑问。怕是听着方才的旋律，想到了与妻子一起睡觉时的心脏跳动吧。"

说话间，会场里的动乱愈演愈烈。库拉巴库仍旧面朝钢琴坐着，恃才傲物地回头看着我们。然而，任凭他如何目空一切，各种各样的东西飞来之时还是要躲一躲。于是，每隔两三秒，他好不容易摆出的姿势就得变换一下。但是，库拉巴库大体保持着大音乐家的威严，细长的眼睛熠熠生辉。我——我也为了躲避危险而将拓库当成盾牌。然而在好奇心的驱使下，我还是饶有兴趣地与玛谷继续交谈。

"这种审查是否过于暴力了？"

"什么呀，这比任何一个国家的审查都要先进。例如，你看看日本，实际上不过一个月前……"

正要往下说之时，不巧一个空瓶掉在玛谷的头顶上。他只叫了一声"quack"（这只是一个语气词），便人事不省。

八

奇怪的是，我对那位玻璃公司的社长盖尔很有好感。盖尔是资本家中的资本家。恐怕这个国家中的河童，没有哪只肚子能像盖尔那般大。好似荔枝一般的妻子和形似黄瓜的孩子陪伴左右，坐在安乐椅上的盖尔宛如幸福的化身。法官裴普和医生察克时常领着我一起去盖尔家吃晚餐。我还拿着盖尔的介绍信前往与盖尔及盖尔的朋友多少有点关系的各式各样的工厂参观。形形色色的工厂中，我觉得尤其有趣的是图书制造公司的工厂。我与年轻的河童工程师一起走进那家工厂，观望着以水力发电为动力的大型机械之时，如梦初醒一般惊叹于河童之国机械工业的发达。据说这工厂一年可以制造七百万册书。而我所惊讶的并非书的数量，而是制造如此之多的书却不费吹灰之力。在这个国家制造书，只需将纸张、墨水和灰色粉末放进机器的漏斗形入口便可。这些原料进入机器后，不到五分钟，就会变成菊版（152mm×218mm）、四六版（127mm×188mm）、菊半截版（109mm×152mm）等无数本书。我望着那好似瀑布一般倾泻下来的书，向挺着胸脯的河童工程师询问那灰色粉末为何物。于是工程师驻足在油黑锃亮的机器前，不屑一顾地回答：

"那个吗？那是驴的脑髓[①]。不过是先干燥然后制成粉末，现在的市场价是一吨两三分钱。"

当然此种工业奇迹不仅出现于图书制造公司，也同样发生在绘画制造公司、音乐制造公司。实际上据盖尔说，这个国家平均一个月发明七八百种机器，所有的事都能不依靠人力就可顺利且大量生产。因此，被解雇的职工也不少于四五万只。虽说如此，每日早晨看报之时，

---

① 驴的脑髓，指笨蛋的脑子。

却一次也未曾看到过罢工字眼。对此，我百思不得其解。于是一次和裴普、察克一起受邀去盖尔家共进晚餐之时，我借机询问了原因。

"那是因为他们全部被吃掉了。"

餐毕，叼着雪茄的盖尔满不在乎地说道。但是何谓"吃掉"，我全然不明白。此时，架着夹鼻眼镜的察克似乎觉察到我的疑惑，一旁解释道：

"所有被解雇的职工都会被杀掉，肉用作食品原料。你看看这份报纸。这个月有六万四千七百六十九只职工被解雇，所以肉价下跌了。"

"职工就这样不发一言，任人宰杀吗？"

"就是闹起来也不能成什么事，因为有《职工屠杀法》。"

坐在杨梅盆栽前，满脸不快的裴普如此说道。我当然觉得心烦意乱。但是主人公盖尔自不必说，就连裴普和察克似乎也觉得这天经地义。这时，察克一边笑着，一边冷嘲热讽似的对我说：

"换言之，国家省去了他们或是饿死，或是自杀的麻烦。只是让他们闻一闻毒气，并无多大痛苦。"

"但是，说什么吃他们的肉……"

"不要开玩笑了。玛谷要是听到了，准会哈哈大笑。在贵国，第四等级的女孩子不也会当妓女吗？因食用职工的肉而义愤填膺，实在是感伤主义啊。"

听着这一问一答的盖尔一边将桌子上的三明治盘子递给我，一边若无其事地对我说：

"如何？不尝一口吗？这也是职工的肉制成的。"

我当然严辞拒绝。不仅如此，我将裴普和察克的笑声甩在身后，飞奔出了盖尔家的客厅。那时正是每家每户的天空皆不见星星的荒凉夜晚。我在那黑暗中返回住处，途中不住地呕吐。即便是黑夜里，也看得清那白花花的呕吐物。

九

不过，玻璃公司社长盖尔的确是一只和蔼可亲的河童。我时常与盖尔一起前往他所属的俱乐部，度过一个愉快的夜晚。原因之一是，这个俱乐部远比拓库所属的超人俱乐部来得让人舒适自在。此外，盖尔虽不似哲学家玛谷那般言语高深莫测，却也让我得以窥探一个全新的世界——广阔的世界。盖尔总是用纯金汤匙在咖啡杯里搅拌着,愉快地天南海北地聊天。

  一个有浓雾的夜晚,隔着插有冬蔷薇的花瓶,我正和盖尔闲谈。我记得那是一间不仅是房间整体,就连椅子和桌子也都是白底上镶有细细金边的维也纳分离派风格的房间。盖尔似乎较往常更为得意,笑容满面,正好说起彼时夺得天下的Quorax党内阁之事。这个"古奥拉古斯"只是个没有具体含义的语气词,只能翻译成"哎呀"。但是,无论如何,这是个标榜"全体河童利益"高于一切的政党。

  "支配古奥拉古斯党的是知名政治家罗裴。'诚实是最好的外交',说这话的是俾斯麦[①]吧。而罗裴也将诚信用于内政治理上……"

  "但是罗裴的演说……"

  "嗯,请听我说。那演说自然是彻头彻尾的谎言。不过,那纯属谎言之事尽人皆知,其结果便也与诚实一般无二。而将其一律认定为谎言的只是你们的偏见。我们河童像你们一样……但是那无关紧要。我想说的是罗裴之事。罗裴控制着古奥拉古斯党,而控制着罗裴的是

---

① 俾斯麦,一般指奥托·爱德华·利奥波德·冯·俾斯麦(1815—1898),德国政治家,德意志帝国首任宰相,人称"铁血宰相"。

Pou-Fou 报社（这'浦·夫'依旧是没有具体意义的语气词。若是强行翻译的话，就只能翻译成'啊啊'）的社长奎伊奎伊。不过奎伊奎伊也并非他自己的主人，控制着奎伊奎伊的是现在在你眼前的盖尔我。"

"但，这或许有些冒昧。《浦·夫报》是站在劳动者一边的报纸吧。你说社长奎伊奎伊受你的控制的话……"

"《浦·夫报》的记者们自然为劳动者发声。但是能控制记者的只有奎伊奎伊，且奎伊奎伊也必须接受我盖尔的援助。"

盖尔依旧微笑着，把玩着纯金汤匙。我看着这样的盖尔，与其说憎恶他，倒不如说心生对《浦·夫报》的记者们的同情之意。于是，盖尔似是立即从我的沉默中读出了这种同情，鼓起了大大的肚子如此说道：

"其实，《浦·夫报》的记者们也并非皆是劳动者的伙伴。至少我们河童，在成为任何人的伙伴之前首先是自己的伙伴……然而更为复杂的是，我盖尔也依旧要被别人控制。你觉得那人是谁？是我的妻子，美丽的盖尔夫人。"

然后盖尔大笑起来。

"这应该说很幸福。"

"无论如何我很满足。但是这也只能在你面前——并非河童的你面前毫无顾忌地畅所欲言。"

"如此说来,盖尔夫人掌控着古奥拉古斯内阁?"

"是啊,也可以这样说……不过,七年前的战争的确因某只雌河童而起。"

"战争?这个国家也发生过战争?"

"当然发生过。未来或许也会发生战争。只要存在邻国……"

事实上,此时,我第一次知道河童之国并非一个孤立的国家。据盖尔解释,河童一直将水獭视作假想敌。而水獭也具备可与河童匹敌的军备。我对河童以水獭为对手的战争颇感兴趣。(就连《山岛民谭集》的作者柳田国男[①]先生也不知河童的劲敌是水獭这桩新鲜逸闻,就更别提《水虎考略》的作者了。)

"那场战争爆发前,两国自然丝毫不敢大意,一直窥探着对方。因为两国都对彼此心怀畏惧。这时,住在我国的一只水獭前去拜访一对河童夫妇。而那雌河童正打算杀死自己的丈夫。因为她的丈夫犬马声色、耽于酒

---

① 柳田国男(1875—1962),日本民俗学家,官员。他在《山岛民谭集》中探讨了许多河童的相关传说。芥川曾向他请教有关河童的事情。

色。此外丈夫购有生命保险，这或许多少有些诱惑力。"

"你认识那对夫妇吗？"

"嗯，不，只认识雄河童。我妻子说那只河童是个坏东西。但是在我看来，与其说他是坏蛋，倒不如说是个患有被迫害妄想症的疯子，生怕被雌河童抓住……雌河童在丈夫的可可杯里放了氰化钾。却不知为何，错让前来做客的水獭喝了。当然，水獭死了。之后……"

"然后就引发了战争？"

"是的。因为实在不巧，那只水獭曾被授予过勋章。"

"战争中哪方获胜了？"

"自然是我国获胜。三十六万九千五百只河童英勇战死。但是若与敌国相比，这点损失算不得什么。我国的毛皮大多是水獭的毛皮。战时，我不仅制造玻璃，还往战地运送煤炭渣。"

"运煤炭渣作甚？"

"当然是做粮食。我等河童若是饿了，则饥不择食。"

"请不要动怒。给战场上的河童们吃……在我的国家，这可是丑闻。"

"在我国也无疑是丑闻。但是若是我自己说出来的话，那么大家也就不当它是丑闻。哲学家玛谷也说过：'汝之恶,汝自言之,则恶自消之。'……且我除谋求利益之外,也有拳拳爱国之心。"

这时,俱乐部的侍者走了进来。侍者向盖尔行礼后,像朗读一般说道:

"贵府的邻居家失火了。"

"失——失火!"

盖尔大惊失色,跳了起来,我自然也起了身。而侍者气定神闲地补充道:

"不过,火已经扑灭。"

盖尔目送侍者离开,露出了哭笑不得的表情。我看到他这样的神情,这才意识到不知不觉间自己已经开始憎恨着这位玻璃公司的社长。然而,现在站在这里的盖尔不是什么大资本家,只是一只普通河童。我拔出花瓶中的冬蔷薇,递到盖尔手上。

"虽说火已扑灭,尊夫人肯定受惊了。来,请拿着这个回家吧。"

"谢谢。"

盖尔握了握我的手,之后突然微微一笑,小声对我说道:

"我是邻居的房东,所以至少我可以拿到火灾保险的赔偿。"

那时盖尔的微笑,那让我无法轻蔑亦无法憎恶的微笑,至今仍历历在目。

"怎么了?今日又是闷闷不乐的。"

火灾发生后的第二日。我叼着香烟,询问坐在我家客厅椅子上的学生拉蒲。事实上拉蒲左脚搭在右脚上,神思恍惚地一个劲儿低头盯着地板,我都看不到他那腐烂的嘴了。

"拉蒲,我问你怎么了。"

"不,没什么,不过一些无聊琐事。"

拉蒲终于抬起头,发出悲伤不已的鼻音。

"今日,我看着窗外,漫不经心地嘟囔'哎呀,捕虫堇开花了'。我妹妹一听突然变了脸色,对我大发脾气,'不管怎样,我就是捕虫堇,怎么着?'加之,我母亲也站在妹妹一边,对我反唇相讥。"

"为何你说'捕虫堇开花'会惹令妹不悦?"

"谁知道，大概她理解成捉住雄河童的意思了吧。此时，与母亲关系极不融洽的姑妈也加入争吵之中，混乱的场面越演越烈。且一年到头喝得烂醉的父亲听到争吵，不分青红皂白，见谁打谁。正在胶着之中，我弟弟趁机偷了母亲的钱包，去看电影什么的。我……我实在已经……"

拉蒲将脸埋在手中，不发一语，哭了起来。我自然对他十分同情，同时自然而然联想起诗人拓库对家族制度的嗤之以鼻。我拍拍拉蒲的肩膀，竭尽全力地安慰他：

"这样的事在哪都会发生。拿出勇气来吧。"

"但是……但是若我的嘴巴没有烂的话……"

"那只能看开点了。走吧，咱们去拓库家。"

"拓库先生看不起我。因为我不能像他一样大胆舍弃家庭。"

"那么，去库拉巴库君的家吧。"

音乐会后，我与库拉巴库成了朋友，于是决定将拉蒲带到大音乐家家中。与拓库相比，库拉巴库的生活要奢侈得多。这倒不是说他和资本家盖尔一样锦衣玉食。他的房间里满满陈列着许多古董——塔纳格拉陶俑[①]和波

---

① 塔纳格拉陶俑一般指希腊塔纳格拉出土的小型赤陶人像，多为希腊妇女形象。

斯陶器，还放置有土耳其式躺椅。库拉巴库总是在自己的自画像下与孩子们嬉戏玩耍。然而，今日不知发生了何事，库拉巴库抱着胳膊，沉着脸坐在那里，脚下满满散落着纸屑。拉蒲时常与诗人拓库一起与库拉巴库见面。但是今日他好像对库拉巴库的这副神情诚惶诚恐，恭敬地行礼后便沉默着在房间角落里落了座。

"发生了何事？库拉巴库。"

我直截了当地问大音乐家，省去了寒暄。

"怎么回事？这些傻瓜批评家！竟说我的抒情诗无法与拓库的相提并论。"

"但你是音乐家……"

"若只是那样说我尚能忍耐。他们还说比起罗库，我根本称不上是音乐家。"

罗库是经常被拿来与库拉巴库进行比较的音乐家。可惜的是，因为他不是超人俱乐部会员，所以我从未与他说过话。不过我倒是经常看到他的照片，那是嘴唇外翻、极有特点的脸庞。

"罗库毫无疑问也是天才。但是你的音乐里满载的近代式热情，罗库的音乐里却没有。"

"你真的如此认为？"

"我的确如此认为。"

于是库拉巴库站了起来,突然抓起塔纳格拉陶俑摔到地板上。拉蒲大吃一惊,喊了一声便想要逃走。而库拉巴库却用手势示意我们"不要害怕",并冷冰冰地说道:

"那是因为你也像俗人一样没长耳朵。我畏惧罗库……"

"你?别故作谦虚了。"

"谁故作谦虚?第一,在你们面前装谦虚,还不如在批评家面前装谦虚。我——库拉巴库是天才。这一点,我毫不畏惧罗库。"

"那你畏惧何物?"

"某种未知之物——也就是主宰罗库的星星。"

"我着实不懂。"

"我这么说你或许能理解。罗库不受我的影响,但是我却不知不觉间受到罗库的影响。"

"那是你的感受力……"

"好吧,你且听着。这并非什么感受力的问题。罗库总是能平心静气地做唯有他才能做成之事。而我却总是心神不宁、浮躁不已。或许,在罗库看来这只是一步之差,但是在我,却觉得有十里之遥。"

"但是您所作的《英雄曲》……"

库拉巴库眯起细长的眼睛，怫然不悦地瞪着拉蒲。

"闭嘴。你明白什么？我了解罗库，比起那些对罗库低声下气的狗奴才们更了解罗库。"

"额，先冷静一下。"

"若我能冷静的话……我一直在思考……不为我们所知的什么东西，为了嘲弄我——库拉巴库，而将罗库置于我面前。哲学家玛谷对此类事情了若指掌，别看他总是在彩色玻璃提灯下阅读那些破旧的书籍。"

"为何？"

"你读读看玛谷最近所写的《愚人语录》。"

库拉巴库递给我一册书，与其说是递，倒不如说是扔。然后他又抱起胳膊，没好气地说道：

"今天就先失陪了。"

我与愁眉苦脸的拉蒲再次走在道路上。人来人往的喧嚣道路上，山毛榉树荫下依旧排列着各式各样的店铺。我俩不发一语，在沉默之中步行。就在此时，长发诗人拓库恰巧经过。拓库看到我们，从肚子上的口袋拿出手帕，连连擦拭额头。

"呀，好久不见。我今日正想去拜访库拉巴库，很久没去看他了……"

我心想，让两位艺术家发生口角着实不好，便委婉地道出库拉巴库心情欠佳之事。

"原来如此。如此的话，今天就先作罢吧。也没办法，库拉巴库神经衰弱啊……这两三周我也没能入眠，精神不济。"

"怎么样，与我们一起散步吧？"

"不，今日还是算了。哎呀！"

拓库叫了一声，马上紧紧攥住我的胳膊。且不知何时他浑身冷汗直流。

"怎么了？"

"您怎么了？"

"啊，我好像看见那辆汽车窗户里有一只绿色猴子伸出头来。"

我有些担心，劝他请医生察克帮忙诊断一下。但是任我怎么说，拓库都没有听劝的迹象。不仅如此，他还满脸怀疑地打量着我俩，竟说出这样的话来：

"我决计不是无政府主义者，请务必记住这一点。——告辞了，察克之流我着实不愿相与。"

我们呆呆地立在那，目送着拓库的背影。我们——不，并非"我们"。学生拉蒲不知何时走到道路中间,张开双腿,低头从两腿间向后望着络绎不绝的汽车和人群。我心想,这只河童也疯了不成,吓得拉起了拉蒲。

"别胡闹。你在做什么?"

但是拉蒲揉着眼睛,出人意料地冷静回答。

"没有,因实在太忧郁了,便想倒着看看这世间。但是,仍旧一个样。"

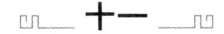

十一

这是哲学家玛谷所著《愚人语录》中的几段:

×

愚人总是认为除自己以外,其余皆是愚人。

×

我们之所以热爱自然,是因为自然既不憎恨也不嫉妒我们。

×

最为聪明的处世之术是——蔑视时代之习惯,在生活中却也不去破坏此种习惯。

×

我等最为引以为傲之物却恰巧是我等欠缺之物。

×

无人对破坏偶像持有反对意见。与此同时,亦无人对成为偶像抱持异议。但是,可安坐于偶像之台上者是最受神明恩惠者。——愚人?恶人?英雄?(库拉巴库在这段上留下了指甲的痕迹。)

×

我等生活之必不可缺的思想或已在三千年前就已枯竭。我等不过是在旧柴上添加新火罢了。

×

我等之特点便是以超越我等自身的意识为常事。

×

若幸福与痛苦为伴,平和与倦怠相随的话——?

×

为自己辩护难于为他人辩护。若有质疑者且看律师。

×

骄傲、爱欲、疑惑——三千年来,所有罪孽皆源自这三者。同时,恐怕一切道德也皆源自这三者。

×

减少物欲未必会带来平和。我等为获得平和也必须要减少精神欲望。(库拉巴库在这段上也留下了指甲痕迹。)

×

我等比起人类则更为不幸。人类并未进化至河童程度。(读到这段时,我忍俊不禁。)

×

欲成之事则可成之事,可成之事则欲成之事。毕竟我等生活无法逃脱此种循环法则——在不合理中始终反复。

×

波德莱尔疯傻之后,仅用一语表达其人生观——女阴。然,仅此一词却未必能道尽他自己。毋宁说他坚信他自己的天才——足以维系他生活的诗才,因而忘却"胃袋"一词。(这段上仍旧留下了库拉巴库的指甲痕迹。)

×

若始终贯彻理性,自然我等必须否定我等自身之存在。奉理性为神明的伏尔泰得以幸福了却一生,正说明人类不如河童进化程度之高。

十二

一个甚为寒冷的午后，我读《愚人语录》读得厌倦了，便出门去寻哲学家玛谷。于是我看见，一条寂静的小巷里，一只如蚊蝇一般瘦弱的河童神情恍惚地靠着墙壁。没错，就是那只不知何时偷走我钢笔的河童。我心想，这下好了。正好此时一个魁梧强壮的巡警路过此地，我遂叫住他。

"请调查一下那只河童，一个月前他偷走了我的钢笔。"

巡警右手举起棍子（这个国家的巡警携带水松的棍子代替持剑），对那只河童说道："喂，叫你呢。"我以为那只河童会拔腿就跑。但是，那只河童出奇冷静地走到巡警跟前。不仅如此，他还抱着胳膊，极为傲慢地紧紧盯着我和巡警的脸。但是巡警也并未生气，而是从肚子上的口袋里拿出记事本，马上开始盘查。

"你姓甚名谁？"

"古鲁克。"

"什么职业？"

"直到两三日前还在做邮政配送员。"

"好的。站在那里的人说，你偷了他的钢笔。"

"是的，一个月前偷的。"

"为何要偷？"

"我想给孩子当玩具。"

"那孩子呢？"

巡警开始目光锐利地盯着那只河童。

"一周前死了。"

"你有死亡证明书吗？"

瘦削的河童从肚子上的袋子里拿出一张纸。巡警看了那张纸，突然笑眯眯地拍了拍那只河童的肩膀。

"我知道了。你辛苦了。"

我瞠目结舌，望着巡警的脸。且在此期间，那只瘦弱的河童好像在嘟囔着什么，就那么丢下我们离开了。我好不容易回过神，问巡警：

"为何不抓住那只河童？"

"那只河童没有罪。"

"但是他偷了我的钢笔……"

"他偷钢笔是为了给孩子当玩具，是吧。但是那个孩子已经死了。你若是有疑问，请查阅一下刑法第一千二百八十五条。"

巡警说完便匆匆地不知走去何处了。我实在没办法，只好嘴里反复念叨着"刑法第一千二百八十五条"，赶忙赶往玛谷家。哲学家玛谷很是好客，事实上今日也是如此。昏暗的屋子里，法官裴普和医生察克，以及玻璃公司社长盖尔等人齐聚一堂，正在彩色玻璃提灯下"吞云吐雾"。法官裴普在场一事实在是天助我也。我一落座，等不及自己查询，就赶忙向裴普询问刑法第一千二百八十五条。

"裴普，这话实在有些失礼。贵国不对犯罪者施以惩戒吗？"

裴普怡然自得地吸了一口带金色烟嘴的香烟，极不耐烦地回答道：

"当然有处罚，就连死刑都有。"

"但是，我一个月前……"

我说明了事情原委，询问刑法第一千二百八十五条的相关情况。

"哦，那条是这样的，'无论犯下何种罪行，若致使其犯罪的原委消失后，则不得惩处犯罪者'。就您的事情而言，那只河童曾是父亲，现在已不是父亲，则罪行自然不复存在。"

"这实在是无稽之谈。"

"这可不能开玩笑。将现在已不是父亲的河童和现在仍是父亲的河童一视同仁才不合理。噢，日本法律上是一视同仁的。于我们而言那才叫人忍俊不禁。哈哈哈哈……"

裴普扔下香烟，有气无力地、淡淡地笑着。此时与法律不搭边的察克说话了。察克推了推夹鼻眼镜，向我问道：

"日本也有死刑吗？"

"自然有的。日本是绞刑。"

我对裴普的冷淡态度多少有些反感，于是打算借此机会讽刺一下。

"贵国的死刑比日本文明吗？"

"那自然是文明的。"

裴普依旧气定神闲。

"敝国不用绞刑什么的，偶尔使用电刑。但是基本也不用。我们只是将罪名说与那罪犯听罢了。"

"仅仅这样河童便会死吗？"

"会死。因为我等河童的神经作用比你们要精妙得多。"

"那样的做法不仅用于死刑，也用于谋杀。"

社长盖尔的脸染上了彩色玻璃的光，变成紫色，露出亲切和蔼的笑容。

"此前，我因被某个社会主义者说'你这家伙是小偷'，差点导致我心脏麻痹。"

"这种事倒是很多啊。我认识的律师也因这样的事死了。"

我回头看了看插话的河童——哲学家玛谷。玛谷一如往常露出讽刺的微笑，眼睛却谁也不看，自顾自地说道：

"那只河童不知被谁说是青蛙，——想必你也知道，在这个国家被说是青蛙就等同于你们被说不是人一样。我是青蛙？不是青蛙？每日如此思忖，终是一命归西了。"

"换言之，那是自杀呀。"

"说他是青蛙的那只河童自然是打算杀死他。在你们看来，这仍然算自杀……"

玛谷正说着这话。突然墙壁的对面——正是诗人拓库家传来一声锐利的枪声，响彻空中。

十三

我等一行人飞奔往拓库家,只见拓库右手握着手枪,头顶的凹陷血流汩汩,仰面躺倒在高山植物的盆栽中间。他旁边有一只雌河童,正将脸埋在拓库胸前,号啕大哭。我扶起雌河童(实际上我并不喜欢用手触摸河童那黏腻滑溜的皮肤),问道:"怎么一回事?"

"怎么一回事,我不知道啊。他正在写着什么,突然就朝自己的头部开枪了。啊啊,我要怎么办?qur-r-r-r-r,qur-r-r-r-r(这是河童的哭声)。"

"无论如何,拓库也太任意妄为了。"

玻璃公司社长盖尔悲痛万分地摇摇头,对法官裴普说道。而裴普一言不发,只是给金嘴香烟点上了火。这时,一直跪着检查拓库伤口的察克一副医生派头,对我们五人宣布(实际上是一人与四只河童):

"已经回天乏术了。拓库本就有胃病,仅是这个病也容易导致抑郁。"

"听说他刚刚在写着什么。"

哲学家玛谷好似辩解一般自言自语,拿起桌子上的纸。大家都伸长脖子(只有我是例外),隔着玛谷宽阔的肩膀盯着那张纸。

"走吧!去往那隔绝尘世的山谷,

岩石险峻,山泉清冽,

去往药草飘香的山谷。"

玛谷回头看着我们,微微苦笑着说:

"这是剽窃歌德的《迷娘曲》①。如此说来,拓库自杀是因为作为诗人已然精疲力尽了。"

这时,音乐家库拉巴库偶然乘着汽车来此。库拉巴库见状,在门前站了一会儿。然而,他一走到我们面前,便怒气冲冲地对玛谷说道:

"这是拓库的遗言?"

"不,是他最后写的诗。"

"诗?"

依旧沉着冷静的玛谷将诗稿递给怒发冲冠的库拉巴库。库拉巴库目不斜视地看那份诗稿,且基本不回应

---

① 《迷娘曲》是德国作家歌德(1749—1832)的自传体长篇小说《威廉·麦斯特》的第一部《威廉·麦斯特的学习时代》中的一首歌曲。

玛谷。

"你如何看待拓库之死？"

"走吧……吾亦不知自己何时死亡……去往那隔绝尘世的山谷……"

"但你是拓库的好友，不是吗？"

"好友？拓库一直是孤独的……去往那隔绝尘世的山谷……只是拓库也太不幸了……岩石险峻……"

"太不幸了？"

"山泉清冽……你们是幸福的……岩石险峻……"

我同情仍旧泣不成声的雌河童，静静地扶着她的肩膀，将她带到房间角落的躺椅上。那里有一只两三岁的小河童，一无所知地笑着。我代替雌河童哄着那只小河童。于是，不知不觉间我的眼眶也盈满泪水。我在河童之国居住的日子里，前后也唯有这一回落泪。

"但是，如此说来，与任意妄为的河童一起生活的家人实在可怜啊。"

"因为他根本不考虑以后会如何。"

法官裴普依旧一边重新点上一根香烟，一边回应着资本家盖尔。此时，音乐家库拉巴库的大声叫喊吓了我们一跳。库拉巴库抓着诗稿，没头没尾地喊叫：

"太好了！可以完成出色的送葬曲！"

库拉巴库细长的眼睛里闪烁着光芒。他握了握玛谷的手，突然夺门而出。自然此时，附近的一大群河童已经聚集在拓库家门口，充满好奇地窥视着房里的情况。但是库拉巴库不顾一切地在河童群中左推右挤，麻利地钻进汽车。同时汽车发出轰鸣声，一转眼就不知开往何处了。

"嘿，嘿，不要在这左顾右看。"

法官裴普担负起巡警职责，将一大群河童推出去后，关上了拓库家的门。大约是这个缘故，房间里一下子安静了下来。我们在这种安静之中——高山植物的花香交织有拓库鲜血的血腥味中，商量着后事等安排。唯有哲学家玛谷望着拓库的尸体，似乎若有所思。我拍拍玛谷的肩膀，问道："在想什么？"

"在考虑所谓河童的生活。"

"河童的生活又如何？"

"我等河童无论如何，为了让河童的生活有始有终……"

玛谷似有几分难以启齿地小声补充道：

"总而言之，我们也要相信我等河童之外的某种"

力量。"

十四

玛谷之言令我思忖起宗教这东西。我自然是唯物主义者，因而从未细思过宗教之事。然而此刻，我因拓库之死而深受震撼，从而开始思索河童的宗教，究竟为何物？我迫不及待地向学生拉蒲请教这一问题。

"我们这里也有基督教、佛教、伊斯兰教、拜火教等等。其中最有势力的要数近代教，又称生活教。"（"生活教"这一翻译或许词不达意。这个词原文是Quemoo cha。cha相当于英语中的ism。Quemoo的原型是Quemal，与其将之翻译为"生活"，实际上更接近"吃饭、饮酒、性交"之意。）

"那么贵国也有教堂、寺庙什么的喽？"

"别说笑了。近代教的大寺院什么的可是我国的第一大建筑。如何，去看看？"

一个暖和的阴天午后，拉蒲得意地与我一起出门去参观大寺院。的确，这是足足有尼古拉大教堂[①]十倍那么大的大型建筑物。不仅如此，这还是将应有尽有的建筑风格糅合在一起的大建筑物。我站在这座大寺院前，眺望着高塔和圆形屋顶之时，甚至有些胆战心惊。实际上，它们看起来好似是无数伸向天空的触手一般。我俩驻足在大门前（与这大门相比，我俩何其渺小），抬头仰望着这与其说是建筑物，倒不如说是近乎不合理的怪物一般、世间少有的大寺院。

大寺院内部亦十分宽敞。耸立着科林斯式圆柱的大厅里有几个参拜者在走动，但是他们亦如我们一般显得极为渺小。此时，我们遇到一只驼背的河童。于是拉蒲稍稍低头，恭敬地打招呼：

"长老，您如此硬朗，真是太好了。"

那只河童也施礼，而后礼貌地回答：

"这不是拉蒲先生吗？您也容颜未——（他刚说到这儿，稍稍语塞。大概是注意到拉蒲烂掉的嘴。）啊啊，无论如何，您看起来还是挺健康的。但是，今日为何……"

"今日是陪这位一起来的。这位您多半听说过……"

[①] 尼古拉大教堂，又称东京复活大教堂，位于日本首都东京千代田区神田骏河台，是东正教教堂。

接着，拉蒲便滔滔不绝地说起我的事情来。这似乎也是拉蒲对自己不大来大寺院的一种辩解吧。

"那么还想拜托您当一当向导。"

长老沉稳大方地微笑着，先向我打了招呼，而后静静地指向正面的祭坛。

"即便我当向导，也对您并无多少助益。我等信徒礼拜的是正面祭坛上的'生命之树'。如您所见，'生命之树'上结有金色和绿色果实。金色果实是'善之果'，那绿色果实则为'恶之果'……"

我听着这通解释之间，已然觉得有些枯燥乏味。难得长老为我解说，但那解说听起来就好像陈旧的比喻一般。自然，我还是做出兴致勃勃的样子。但是，我也不曾忘记时不时悄悄地瞅一瞅大寺院内部。

科林斯式的柱子、哥特式的拱顶、阿拉伯风的棋盘格形状地板、仿维也纳分离派式的祈祷桌——诸此种种所形成的奇妙协调中带有一种野蛮之美。但是最为吸引我的是两侧壁龛里的大理石半身像。对于这些石像，我似曾相识，不过这也不足为奇。那只驼背河童解释完"生命之树"，与我和拉蒲一起走到右侧的壁龛前，开始介绍那龛里的半身像。

"这是我等圣徒中的一人——反抗一切事物的圣徒斯特林堡。据说这位圣徒历经苦难,最终被斯威登堡①的哲学所拯救。而事实上,他并未被拯救。这位圣徒只是与我们一样,信仰着生活教——应该说他除却信仰,别无他法。请读读看这位圣徒留给我们的书——《传说》②。这位圣徒也坦承,他自己曾是自杀未遂者。"

我开始有些忧郁,视线转向下一个壁龛。这个壁龛里的半身像是胡须浓密的德国人。

"这位是《查拉图斯特拉如是说》的作者——诗人尼采③。这位圣徒向自己创造出的超人寻求救赎。但是,他仍旧没能获救,反而成了疯子。若他没成疯子的话,或许就不能进入圣徒之列了……"

长老稍稍沉默,带我们走到第三壁龛前。

"第三位是托尔斯泰。这位圣徒比任何人都身体力行地辛苦修行。他本是贵族,因而不愿意将苦楚示于充满好奇的大众面前。这位圣徒努力信仰实际上让人难以

---

① 斯威登堡,一般指伊曼纽·斯威登堡(Emanuel Swedenborg,1688—1772),瑞典科学家、哲学家、神秘主义者和神学家。
② 《传说》为瑞典作家斯特林堡(1849—1912)的自传式小说。
③ 尼采,一般指弗里德里希·威廉·尼采(Friedrich Wilhelm Nietzsche,1844—1900),德国哲学家、诗人、思想家。其一生饱受精神疾病折磨,晚年精神崩溃,再也没能恢复。

相信的基督。不，他甚至曾在公众面前明言自己信仰基督。可是，行至晚年，他终于不堪做一个可歌可泣的骗子。这位圣徒经常对书房的房梁感到恐惧一事也很有名。但是他既已入了圣徒之列，自然不是自杀的。"

第四个壁龛中的半身像是一位日本人。我看到这位日本人的脸，确实有种亲切之感。

"这位是国木田独步，一位诗人。他清楚了解被轧死的搬运劳工之心境[1]。但是于你而言，应该不需要更为详细的介绍。那么请看第五个壁龛——"

"这不是瓦格纳[2]吗？"

"正是。革命家，曾是国王之友。圣徒瓦格纳晚年，甚至会在用餐前祈祷。但是，与其说是基督教徒，他更像是生活教信徒。从瓦格纳留下的书信来看，尘世苦楚不知多少次将他逼迫至死亡边缘。"

此时，我等已站在第六个壁龛前。

"这位是圣徒斯特林堡之友[3]。他是商人出身的法

---

[1] 国木田独步的小说《穷死》描写的是失去生活希望的底层贫困劳动者在贫病交加之下，卧轨自杀的故事。
[2] 瓦格纳，一般指威廉·理查德·瓦格纳（Wilhelm Richard Wagner, 1813—1883），德国作曲家。
[3] 保罗·高更（Paul Gauguin, 1848—1903），法国后印象派画家、雕塑家，曾做过海员。他曾试图用砒霜自杀，但是没有成功。

国画家，抛弃了与他育有多子的妻子，娶了一位十三四岁的塔希提女子。这位圣徒的粗壮血管里流淌着水手的血液。但是，请看他的嘴唇，上面还留有砒霜之类的痕迹。第七个壁龛里的是……您已经累了吧，那么就请到这边来。"

事实上我的确有些疲惫，便与拉蒲一起跟随长老，顺着飘有焚香味的走廊，走进了一间房间。小房间的角落里，黑色维纳斯像下供奉着一串山葡萄。我原本想象的是毫无装饰的僧房，所以略有些意外。此时，长老似乎读懂了我的想法，还没请我们坐下就半是同情地解释：

"请不要忘记，我们信奉的是生活教。我们的神——'生命之树'的教义是'活力满满地生活吧'，所以……拉蒲先生，您让这位先生看过我们的圣经了吗？"

"没有……事实上我自己也几乎没怎么看过。"

拉蒲挠着头上的凹陷，诚实地回答道。而长老依旧平静地继续说道：

"那样的话你便无法明白。我们的神一日之内创造了这个世界。（'生命之树'虽说是树，却全知全能。）不仅如此，它还创造了雌河童。雌河童觉得太过乏味，便希望有雄河童。我们的神怜悯雌河童的悲叹，便用雌河童的脑髓创造出雄河童。我们的神给予了这两只河童祝福，'吃吧、性交吧、活力满满地生活下去吧'……"

我听着长老的解释，想起了诗人拓库。拓库很不幸，和我一样是无神论者。我并非河童，因而对生活教一无所知是情理之中。但是出生在河童之国的拓库自然应该知晓"生命之树"。我怜惜没有遵从这一教义的拓库的结局，所以岔开长老的话，说起拓库的事。

"啊，那位可怜的诗人。"

长老听了我的话，发出深深的叹息：

"决定我们命运的只是信仰、境遇与偶然而已。（你们在此之外还会算上遗传吧。）很不幸，拓库先生没有信仰。"

"拓库很羡慕你吧。不，我也很羡慕。拉蒲你们很年轻，而且……"

"我的嘴要是好好的话，或许是个乐天派。"

听我们这样一说，长老再次发出深深的叹息，且泪水盈眶，目不转睛地盯着黑色的维纳斯。

"实际上，我——这是我的秘密，所以请不要对任何人说。实际上，我也不相信我们的神。但是，不知何时，我的祈祷会——"

长老正说着话,突然房门被打开,一只大雌河童突然扑向长老。我们当然想拦住这只雌河童。但是,刹那间,雌河童已经将长老摔在地板上。

"你这个老东西!今天又从我钱包里偷了一杯酒钱!"

约十分钟后,我们丢下长老夫妇,拼了命似的逃出来,走出了大寺院的大门。

"这样看来,那位长老也不信'生命之树'。"

沉默着走了一段路,拉蒲这样对我说。然而我没有答话,而是情不自禁地回头看了看大寺院。大寺院的高塔和圆房顶依旧像无数触手一般伸向阴沉的天空。这好似沙漠的天空里出现的海市蜃楼一般,飘浮着一种令人毛骨悚然的气息……

十五

约莫一周后,我突然从医生察克那听说了件稀奇事,那便是拓库家幽灵出没之事。这时,那只雌河童已经去往别处,于是我们的朋友——诗人拓库家变成了摄影师的工作室。据察克说，若在这个工作室拍照，拓库的身影一定会不知不觉间模糊地出现在客人身后。然而，察克是唯物主义者，并不相信死后有魂灵之类。而今他说着那话时却浮现出带有恶意的微笑，并好似注释一般补充说什么"看来鬼魂之为物也是物质性的存在啊"。我也与察克差不多，并不相信幽灵的存在。但是因为与诗人拓库相交甚密，于是我赶忙跑到书店，买下刊登拓库幽灵相关报道和拓库的幽灵照片的报纸和杂志。那些照片上的确有一只很像拓库的河童，隐隐约约地出现在男女老少各种河童的身后。但是最令我惊讶的并非拓库的幽灵照片，而是拓库幽灵的相关报道——特别是灵魂学协会的报告。我将那份报告逐字逐句翻译出来，主要内容如下所示。括号内的内容是我自己所加的注释。

《关于诗人拓库幽灵的报告》
（灵魂学协会杂志第八千二百七十四号所载）

敝社灵魂学协会于日前自杀的诗人拓库的旧居，现为××摄影师的工作室，某某街第二百五十一号召开了

临时调查会。出席会员如下。（姓名省略）

九月十七日上午十点三十分，我等十七名会员与灵魂学协会会长裴古先生一起，请我等最为信任的灵媒豪普夫人同行，一起聚集于该工作室的一间房内。豪普夫人一进入该工作室，旋即感觉到灵气，全身痉挛，数度呕吐。据夫人所言，此乃诗人拓库酷爱香烟之故，因而灵气中也含有尼古丁。

我等会员与豪普夫人一起沉默地围坐于圆桌旁。三分二十五秒后，夫人突然陷入激烈的梦游状态，为诗人拓库灵魂所附身。我等会员依年龄大小顺序，开始与拓库的灵魂展开如下对话。

问：你为何化身幽灵？

答：因为欲知自己的死后名声。

问：你——或者灵魂诸君死后也渴望名声吗？

答：至少我渴望。但是我邂逅的一位日本诗人却对死后名声嗤之以鼻。

问：你知道那位诗人姓甚名谁吗？

答：实在不巧，我给忘了。只是记得他志趣所在而作的十七字诗的一首。

问：那诗为何？

答:"蛙跃古池闻水声"①。

问:你以为此诗是否佳作?

答:我以为这必定不是庸作。只是若将"蛙"改作"河童",则更增光彩。

问:理由为何?

答:我等河童无论在何种艺术之中都迫切寻求河童的意象。

此时,会长裴古先生提醒我等十七名会员,此次为灵魂学协会的临时调查会,而非文艺评论会。

问:灵魂诸君的生活如何?

答:与诸君的生活并无二致。

问:你后悔自杀吗?

答:那倒未必后悔。若我厌倦了灵魂生活,还可以拿起手枪"自活"。

问:"自活"容易与否?

拓库的灵魂在对此问题进行作答时施以反问。若是熟悉拓库之人则知道此作答方式实属平常。

答:自杀容易与否?

问:诸位的生命是否永恒?

---

① 此句为日本著名俳句诗人松尾芭蕉的名句。

答：有关我等的生命众说纷纭，皆不可信。请不要忘记，幸而我等之间也有基督教、佛教、伊斯兰教和拜火教等各种宗教。

问：你的信仰为何？

答：我常常是怀疑主义者。

问：但是至少你应该不会怀疑灵魂之存在吧。

答：我不似诸君这般笃定。

问：你有多少朋友？

答：我的朋友横亘古今东西，应不下三百人。若列举其中有名者，则有克莱斯特[1]、迈兰德[2]、魏宁格[3]……

问：你的朋友都为自杀之人？

答：并非全然如此。为自杀辩护的蒙田[4]也是我的畏友之一。只是我不会与没自杀的厌世主义者——叔本华[5]

---

[1] 克莱斯特，一般指海因里希·冯·克莱斯特（Heinrich von Kleist, 1777—1811），德国诗人、剧作家、小说家。
[2] 迈兰德，一般指菲利普·迈兰德（Philipp Mainländer, 1841—1876），德国诗人、哲学家。
[3] 魏宁格，一般指奥托·魏宁格（Otto Weininger, 1880—1903），奥地利哲学家、作家。
[4] 蒙田，一般指米歇尔·德·蒙田（Michel de Montaigne, 1533—1592），文艺复兴时期法国思想家、作家。
[5] 叔本华，一般指亚瑟·叔本华（Arthur Schopenhauer, 1788—1860），德国哲学家，主张以厌世观为基调的观念论。

之流相交。

问：叔本华尚健在吗？

答：眼下他创立了灵魂厌世主义，正在讨论"自活"的可否。而他听闻霍乱也是细菌病，好似颇为安心。

我等会员陆续问起了拿破仑、孔子、陀思妥耶夫斯基、达尔文、克利奥帕特拉[①]、释迦、德摩斯梯尼[②]、但丁[③]、千利休[④]等人的灵魂消息。然而可惜的是，拓库并没有详细作答。他反而问起有关自己的各种传闻。

问：我死后名声如何？

答：某位批评家说道"群小诗人之一"。

问：定是因为我没有赠与他诗集而怀恨在心的一人。我的全集出版了吗？

答：虽已出版，但是销量却不如人意。

问：我的全集将在三百年后——著作权失效后，万人抢购。我的同居女友如何？

答：她已是书店老板拉库的夫人。

问：实在不幸，她竟不知拉库的眼睛是义眼。我的

[①] 克利奥帕特拉（前69—前30），一般指埃及艳后。
[②] 德摩斯梯尼（前384—前322），古雅典政治家、演说家。
[③] 但丁（1265—1321），意大利诗人。
[④] 千利休（1522—1591），日本安土桃山时代的茶道家。

孩子如何？

答：听闻在国立孤儿院。

拓库短暂地沉默了一会儿，开始询问其他问题。

问：我的家如何？

答：现在是某摄影师的工作室。

问：我的桌子如何？

答：尚不知。

问：我在我的桌子抽屉里秘藏了一沓信件……幸而此事与忙碌的诸君并无关系。现在我们灵魂界即将日暮西沉。我应与诸君诀别。别了，诸君。别了，我善良的诸君。

霍普夫人说完最后一句话便再度猛然清醒过来。我等十七名会员向上天神灵发誓，此问答绝对真实。

（又，我们向信赖的霍普夫人支付了报酬。按照夫人做女演员时的日薪标准。）

十六

我看完这则报道，渐渐因身处此国家而忧郁起来，因而开始想方设法要回到我们人类的国家。但是无论我如何寻找，也找不到当初我掉下来的洞穴。这时，据渔夫巴顾说，此国家城镇的边缘地区有一只上了年纪的河童，平日看看书、吹吹笛，平静地生活着。我想如果能问问那只河童，或许能知道逃出此国家的方法，于是立即赶往城市边缘。但是抵达那里后一看，那小小的房子里哪里有什么上了年纪的河童，只有一只连脑袋上的凹陷都没长完全的至多不过十二三岁的河童在悠然地吹着笛子。我自然觉得自己可能找错了房子。但是，为防万一，我问了他名字，果然就是巴顾所说的年迈河童。

"但是您看起来像个孩子……"

"你还不知道吗？或许是命运吧，我打出娘胎时就一头白发。此后却慢慢返老还童，现在就变成了孩童模样。不过若是计算年龄的话，未出生时算作六十岁，那我现在或许一百一十五六岁。"

我环顾了下房间。也许是我的错觉，那质朴的桌椅间好似飘浮着一种幸福的气息。

"您好像生活得比其他河童幸福？"

"不清楚，或许如此。我年轻时已上了年纪，而年老时却又返老还童。于是，我不像年老者一般无欲无求，不似年轻人一般耽于美色。总之，即便我的生活算不上幸福，却定是平和安稳的。"

"那自然是平和安稳。"

"不，仅仅如此尚算不得安稳。我的身体健康，且拥有一生不必为衣食所愁的财产。不过，我认为最为幸福的还是生来便上了岁数。"

我跟这只河童说了一会儿自杀的拓库和每天请医生照料身体的盖尔之事。但是，不知为何上了年纪的河童却好像对我的话兴趣缺缺。

"那么，你不似其他河童一般，对活着这件事有特别的执念吗？"

上了年纪的河童盯着我的脸，气定神闲地回答：

"我也与其他河童一样，在父亲询问我是否愿意出生在此国家后，才从母亲的肚子里来到这个世界。"

"但是我却是因为一个契机，一下子掉进了这个国家。请您务必告诉我离开这个国家的路。"

"离开的路只有一条。"

"哪一条？"

"那便是你此前来这里的路。"

不知为何，我听了这话，身上的汗毛都竖了起来。

"很不巧，我已经找不到那条路了。"

上了年纪的河童用他那双水汪汪的眼睛紧紧盯着我的脸。然后他终于起身，走向房间的角落，拉出一根从天花板上垂下来的绳子。于是，方才我一直没注意到的天窗打开了。圆形天窗外，松树和日本扁柏的树枝向天空伸展，彼端湛蓝天空一望无际。不仅如此，好像巨大箭头一般的枪岳山山峰亦耸立着。我像是瞧见飞机的孩童一般欢欣雀跃。

"那么，就从这里离开吧。"

上了年纪的河童这般说道，指向方才的绳子。原来方才我以为的绳子其实是一架绳梯。

"那么请让我从那里离开。"

"只是我事先言明，离开了就请不要后悔。"

"没事，我不会后悔的。"

我这样回答着，早已攀上绳梯，遥遥俯瞰上了年纪的河童脑袋上的凹陷。

十七

我自河童之国回来后,有一阵子完全无法忍受我们人类皮肤的气味。与我们人类相比,河童实在要干净得多。不仅如此,看惯了河童的我,看到我们人类的脑袋就觉得心惊肉跳。这一点你们恐怕难以理解。但是,人的眼睛和嘴也就罢了,光是这个鼻子就让我莫名其妙觉得害怕。自然,我也尽可能不与任何人见面。后来,我似乎渐渐又习惯了人类,大约过了半年我便可以去任何地方了。只是即便如此,有一桩事让我颇为困扰,谈话之间,我一不小心脱口而出河童之国的语言。

"您明天在家吗?"

"Qua。"

"您说什么?"

"没什么,我是说在家。"

大致就是如此情况。

但是自河童之国回来,恰好过了一年,我因某项事业失败……

(话至此处,S博士提醒他"那件事最好不要说"。

据博士所说，他每每说起那件事都会情绪失控，就连看护也无法应付。）

那么就不说那件事。但是，由于事业失败，我想要再次返回河童之国。是的，不是"想去"，而是"想返回"。当时，河童之国于我而言是好似故乡一般的存在。

我悄悄离开家，想要乘坐中央线火车，可不巧在那里被巡警抓住，最终被送到医院。我进这家医院之时也还心心念念河童之国的事。医生察克如何了？或许哲学家玛谷仍旧在彩色玻璃提灯下若有所思。特别是我的好友，烂嘴的学生拉蒲……一个如今日一般阴沉的下午，我沉浸于这样的回忆之中，不由得想要大叫出声。这是因为，那只叫巴顾的渔夫不知何时走了进来，站在我面前，还向我频频行礼。我整理好心情后，已记不清是哭了还是笑了。但是，时隔很久，再次使用河童之国的语言的确让我感动不已。

"喂，巴顾，你怎么来了？"

"哦，我是来探望你。听说你生病了。"

"你如何会知道此事？"

"我听收音机的新闻知道的。"

巴顾得意扬扬地笑着。

"就算如此，你能来也太不容易了。"

"啊，轻而易举。东京的河川与沟渠于河童而言就与道路一样。"

我这才意识到，河童和青蛙一样，是水陆两栖动物。

"但是这附近没有河川。"

"不，我是穿过自来水管道上来的，然后稍稍打开消防栓……"

"打开消防栓？"

"您忘了啊？河童也有机械师的。"

此后，每隔两三日就会有许多河童来拜访我。据S博士所说，我的病叫作早发性痴呆症。但是那个医生察克说（我这样说，对您也甚是失礼）我并非早发性痴呆症患者，真正的早发性痴呆症患者是以S博士为首的诸位。连医生察克都来了，自然，学生拉蒲和哲学家玛谷也来过。但是除渔夫巴顾外，其他河童都不会在白天来。尤其是两三只结伴而来的话肯定是夜晚——且是月夜。昨夜，我与玻璃公司社长盖尔和哲学家玛谷在明月之下聊天。不仅如此，我还请库拉巴库为我拉了一首小提琴曲。看，对面桌子上放着黑百合花束，那也是昨夜库拉巴库送给我的礼物……

（我回过头看去，可桌子上空无一物。）

此外，这本书是哲学家玛谷特地带来送给我的。请读读看卷首的诗。不，您应该看不懂河童之国的语言。那么我读给您听。这是最近出版的拓库全集中的一册。

（他翻开破旧的电话本，开始大声朗诵下面的诗作。）

　　椰花与竹林之间，
　　佛陀早已入眠。

　　与路边枯萎的无花果一起，
　　似乎基督已死。

　　而我们必须入眠，
　　即便在戏剧的背景之前。

（再看看背景背面，只有满是补丁的画布！）

但是，我不像这诗人一般厌世，只要河童们能时常来看望我……啊，我忘了这事。您还记得我曾经的朋友法官裴普吧。那只河童失业后果真发了疯，据说现在住在河童之国的精神病院。若是S博士答应的话，我想去探望他……

1927年2月11日

诱　　惑

——一个剧本

⊔＿一＿⊔

在天主教徒的教会历上的一页，依稀可见这样一段文字——

出生于一千六百三十四年。塞巴斯蒂安①奉记。

---

① 塞巴斯蒂安，传说中的日本人传教士 Kimura Sebastião（1566—1622），出生于肥前国平户（现长崎县）。1584 年完成修行，成为耶稣会修道士。1614 年在基督教禁令之下仍滞留日本，在长崎继续牧师活动。1621 年因被告发而入狱。1622 年 9 月 10 日被处以火刑。1867 年被罗马教皇列为"福者"。

二月。小[①]。

二十六日。圣母领报节[②]。

二十七日。主日[③]。

三月。大[④]。

五日。主日，弗朗西斯科[⑤]。

十二日……

　　　　　　　　　二

　　日本南部的一条山径。伸展着枝条的高大樟树对面可见一个洞口。少顷，两个樵夫从山径上走下。其中一个樵夫手指洞穴，向另一人搭话。而后两人皆在胸口画着十字，遥遥礼拜洞口。

---

① "二月。小"，阴历这年的二月是小月。小月，即一个月只有28天。
② 圣母领报节，指圣母玛利亚领受天使加百列的告知，自己即将受孕诞下耶稣。现在阳历为3月25日。
③ 主日，基督教一般指星期日，耶稣复活之日。
④ "三月。大"，这年的三月有30天。
⑤ 弗朗西斯科（Francis of Paola, 1416？—1507），又译为弗朗西斯，出生于意大利保拉，修道士、基督教圣徒，因而又被称为"圣·弗朗西斯科"。

三

这棵高大的樟树树梢。一只长尾猴坐在一根树枝上，目不转睛地遥望大海。海面上有一艘帆船。帆船似是朝这边驶来。

四

一艘在海面上行驶的帆船。

五

这艘船内。两个红毛人（指西洋人）水手在船的桅杆下掷着骰子。此时，两人因胜负产生争端，一个水手冲过去用匕首刺进了另一位水手腹部。多名水手从四面八方聚集到两人身边。

六

仰面朝天的水手的遗容。突然一只长尾猴从他的鼻孔里钻出来,爬到他的下颌上。那猴子环顾了四周,忽然又钻回了鼻孔里。

七

自上斜朝下看着海面。突然从天空中掉下一具水手的尸体。尸体立即消失在升腾起的水雾之中。最后,只有一只猴子在海浪中挣扎。

八

海的对面可以看见一座半岛。

九

前述的山径上的一棵樟树树梢。猴子依旧执着地眺望着海面上的帆船。不一会儿,猴子举起双手,满脸喜悦。这时,又一只猴子不知何时已经轻盈地坐在同一根树枝上。两只猴子用手势比画着,交谈了一阵。接着,后来的那只猴子将长长的尾巴攀附在树枝上,身子灵活地吊在半空中,并将手放在眼睛上,开始眺望被樟树的树枝、树叶遮住的远方。

十

前述的洞穴外。只有茂盛的芭蕉和竹子在摇动。此间,渐渐日暮西沉。这时,一只蝙蝠扑扇着翅膀从洞穴内飞出,飞向天空。

十一

洞穴内。"圣·塞巴斯蒂安"独自在悬挂于岩壁之上的十字架前祈祷。"圣·塞巴斯蒂安"是一位身着黑色法袍的年近四十的日本人。一根点亮的蜡烛照亮了桌子和水瓶等。

十二

烛光映照下的岩壁。岩壁上自然清晰地映出"圣·塞巴斯蒂安"的侧影。侧影的脖颈处,一只长尾猴的影子开始静静往脑袋处攀爬。接着又有一只长尾猴的影子。

十三

"圣·塞巴斯蒂安"合十的双手。不知何时,他的双手攥着红毛人的一只烟斗。起先烟斗没有点火。然而眼见着烟草的烟开始升腾空中……

十四

前述的洞穴内。"圣·塞巴斯蒂安"突然站起来，将烟斗扔向岩石。然而烟斗里依旧冒着烟草的烟。他露出吃惊表情，不再靠近那个烟斗。

十五

掉在岩石上的烟斗。烟斗慢慢变成盛着酒的像"烧杯"一样的瓶子。不仅如此，其后"烧杯"一样的瓶子又变成——"切成花朵形状的蜂蜜蛋糕"。最后，那"花朵形状的蜂蜜蛋糕"不再是食物。那儿出现了一个年轻妓女，妖冶地坐着，歪着头抬眼看着谁的脸……

十六

"圣·塞巴斯蒂安"的上半身。他突然画起十字架,然后露出安心的表情。

十七

两只长尾猴蹲在一根蜡烛下。两只猴皆愁眉苦脸。

十八

前述的洞穴内。"圣·塞巴斯蒂安"再次在十字架前祈祷。这时,不知从哪里迅疾地飞来一只大猫头鹰,扑扇着翅膀熄灭了烛火。然而——唯有一缕月光朦胧地照在十字架上。

十九

悬挂于岩壁上的十字架。十字架开始变成镶嵌十字格子的长方形窗户。长方形窗户外有一所茅草屋顶的房子。房子周围空无一人。这时，这所房子自己开始移动，靠近窗前。与此同时，渐渐可见房子内部。房里有一位与"圣·塞巴斯蒂安"相似的老妇，一只手摇着纺车，另一只手拿着结了果的樱花枝逗弄两三岁的孩子。那个孩童一定是她的孩子。然而，房子内部自不用说，连他们也如雾一般穿过长方形窗户。现在能看到的是房子后面的田地。田地里有一个年近四十的女子勤勤恳恳地割麦晾晒……

二十

窥探长方形窗户内部的"圣·塞巴斯蒂安"的上半身。只是看见的是斜着身子的背影。只有窗外一片明亮。窗外已不再是田地。一大群男女老少人头攒动。在这一大群人的头顶上有三个被挂在十字架上的男女高高地张开双臂。被挂在正中间的十字架上的男子和他一模一样。他想要离开窗前，却没想到摇摇晃晃地倒了下去……

二十一

前述的洞穴内。"圣·塞巴斯蒂安"倒在十字架下的岩石上。好不容易，他终于仰起脸看着沐浴着月光的十字架。不知何时，十字架变成了不染世俗的初生的释迦。"圣·塞巴斯蒂安"好似吃惊一般注视释迦，而后突然站起来画起十字。一只大大的猫头鹰的影子掠过月华之中。降生的释迦又一次变回了原来的十字架……

二十二

前述的山径。沐浴着月光的山径变成黑色桌子。桌子上有一副扑克牌。那里出现了两只男人的手，静静地洗牌后，开始向左右两侧发牌。

二十三

前述的洞穴内。"圣·塞巴斯蒂安"垂着头,在洞中来回逡巡。这时,一束圆光开始在他头上闪耀。与此同时,洞中也渐渐亮堂起来。突然他发现了这个奇迹,止步于洞中央。开始是惊讶的表情。而后慢慢转换为喜悦的表情。他低头伏在十字架前,再次虔诚祈祷。

二十四

"圣·塞巴斯蒂安"的右耳。耳垂里有一棵树结出累累圆形果实。耳朵孔里是花朵盛开的草原。草木皆在微风中摇曳。

二十五

前述洞穴内。不过此番面向外面。头顶圆光的"圣·塞巴斯蒂安"从十字架前站起来，悄然走向洞穴外。看不见他的身影后，十字架兀自从岩石上掉落下来。与此同时，一只猴子从水瓶中跃出，畏畏缩缩地靠近十字架。然后马上又出现了一只。

二十六

前述的洞穴外。"圣·塞巴斯蒂安"在月华之中一步步朝这边走来。自然，他的影子左右各投下了一个。且其右边的影子戴着宽帽檐的帽子，身着披风。当他的上半身几乎挡住了洞穴外面时，他稍稍止步，抬头看向天空。

二十七

夜空中星辰点点闪烁。突然一个巨大的量角器自上而下张开两脚降落下来。伴随着逐渐下落，两脚张开的距离逐渐缩小，最终两脚并拢，而后慢慢变得模糊，最终消失。

二十八

无垠黑暗之中高挂着数个太阳。那些太阳周围又有数个地球在转动。

二十九

前述的山径。头顶圆光的"圣·塞巴斯蒂安"投射下两个影子,静静地走下山径。而后他在樟木树根部驻足,目不斜视地盯着自己的脚下。

三十

自上而下斜看的山径。铺满月光的山径上有一个石块在滚动。石块渐渐变成石斧，而后又变成短剑，最后变成手枪。然而那立刻又不再是手枪了。不知不觉它又变回原本普通的石块。

三十一

前述的山径。"圣·塞巴斯蒂安"止步，依旧直直盯着自己的脚下。影子也仍旧有两个。而后他抬头，开始眺望樟树树干……

三十二

沐浴着月光的樟树树干。包裹着粗糙树皮的枝干上最初并无一物。然而，紧接着枝干上接二连三鲜明地浮现出一位位君临世界的诸神的面貌。最后出现的是受难基督像。最后？——不，并非"最后"。眼见着他也变成了四折的东京××新闻。

三十三

前述的山径旁。戴着宽帽檐的帽子,身着披风的影子兀自直直站起来。然而在他起身时,已经不再只是影子。而是留着好似山羊胡,目光如炬的红毛人船长。

三十四

这条山径。"圣·塞巴斯蒂安"在樟树下与船长交谈。他的脸色凝重。而船长的嘴角却不断浮现出冷笑。他俩交谈了一会儿后,一起走上岔路。

三十五

俯视海面的海岬上。他们驻足在那里,兴致高涨地交谈。此时,船长从披风下掏出一个望远镜。他对"圣·塞巴斯蒂安"做出"你看"的手势。他稍稍迟疑后拿着望远镜眺望海面。他们周遭的草木自不必说，"圣·塞巴斯蒂安"的法袍亦随海风不断摇摆。但是船长的披风却纹丝不动。

三十六

望远镜里出现的第一景。装饰有多幅画作的房间里，红毛人一男一女隔着桌子聊天。烛光下的桌子上有酒杯、吉他和蔷薇等等。此时，又一个红毛人男子突然推开房间的门，拔剑走了进来。另一个红毛人男子迅速离开桌子，马上拔剑迎敌。但是那时他的心脏已经被对手刺中一剑，仰面朝天倒在地板上。红毛人女子逃到房间角落，两手捧腮，目不转睛地盯着这场悲剧。

三十七

望远镜里出现的第二景。摆放着高大书架等物品的房间里，红毛人男子一个人神情涣散地面对着桌子。电灯光下的桌子上摆放有文件、账本和杂志等等。此时一个红毛人孩童气势汹汹地推门进来。红毛人抱起这个孩子，数度亲吻他的脸颊后，做出"去那边"的手势。孩子老老实实地走了出去。然后，红毛人再次面向桌子，从抽屉里拿出了什么东西，突然他的脑袋周围冒起了烟。

三十八

望远镜里出现的第三景。放置着一座俄罗斯人半身像的房间里，一个红毛人女子专心致志地敲着打字机。这时，一位红毛人老妇静静打开门走近那个女人，并拿出一封信，做出"读读看"的手势。那个女人在电灯光下看完这封信后，马上变得歇斯底里。老妇吃惊不已，后退至门口。

三十九

望远镜里出现的第四景。好似表现派画作一般的房间里，红毛人男女二人隔着桌子交谈。沐浴着不可思议的光线的桌子上放有试管、漏斗和风箱等等。这时，一个身量较他们高一些的红毛人男子的人形玩偶令人毛骨悚然地悄悄推开门，手持人造花束走了进来。然而他还没递出花之时就好像发生了故障，突然朝男子飞奔过去，轻松地将男子压倒在地板上。红毛人女子飞奔向房间的角落，两手捧腮，突然开始笑个不停。

四十

望远镜里出现的第五景。此次也是前述的房间。唯一不同的是此次房间里并无一人。此时，突然整个房间在滚滚烟雾中爆炸，之后就变成一片烧毁的废墟。然而过了一会儿，那里开始变成河川边长有一棵柳树，遍布深深野草的一片原野。不计其数的白鹭从原野飞向天空……

四十一

前述的海岬上。"圣·塞巴斯蒂安"手持望远镜，与船长交谈。船长微微摇头，摘下一颗空中的星星给他看。"圣·塞巴斯蒂安"后退一步，急急忙忙地想要画十字。然而这次好像画不起来。船长将星星置于手掌心，做出"你看"的手势。

四十二

放着星星的船长的手掌。星星慢慢变成石块，石块又变成马铃薯，第三次马铃薯变成蝴蝶。蝴蝶最后变成了极小的穿军装的拿破仑。拿破仑站立在手掌正中，稍稍环顾四周后，转身背对这边，向手掌外撒尿。

四十三

前述的山径。"圣·塞巴斯蒂安"跟在船长身后,无精打采地返回这里。船长稍微一滞,像是摘掉铁环一样取下了"圣·塞巴斯蒂安"(头顶)的圆光。而后他俩在樟树下又开始说起话来。掉落在道路上的圆光慢慢变成大怀表。表针指向两点三十分。

四十四

这条山径的拐弯处。只是此次不仅是树木和岩石,就连站在山径上的他们自己也斜着身子自上朝下看着。月华之中的风景不知何时变成满是男男女女的现代咖啡店。他们身后全是乐器。以站在正中间的他们为首,全部如同鱼鳞一般细小。

四十五

这家咖啡店内。"圣·塞巴斯蒂安"被一大群舞女包围，似乎一筹莫展地望着周围。时不时还有花束落在那里。舞女们劝他喝酒，时不时抱住他的脖子。然而，愁眉苦脸的他似乎束手无策。红毛人船长站在他正后方，一如既往只露出半张带冷笑的脸。

四十六

前述的咖啡店的地板。地板上有几只穿着鞋的脚动个不停。然而那些脚不知何时变成了马蹄、鹤脚、鹿蹄。

四十七

前述咖啡店的角落。一位身着金色纽扣制服的黑人正在击打一面太鼓。这位黑人也不知何时变成了一棵樟树。

四十八

前述的山径。船长抱着胳膊,低头看着在樟树根部失去意识的"圣·塞巴斯蒂安"。接着船长抱起他,半拖行似的走向对面的洞穴。

四十九

前述的洞穴内。只是这次也是面向外面。月光已经不再倾洒下来。然而待他们返回时,四周自然而然已经微微发亮。"圣·塞巴斯蒂安"抓住船长,再次热情地搭话。船长依旧冷笑,好像对他的搭话毫无回应。不过,终于说了两三句后,指着依旧昏暗的岩石阴影,对他做出"你看"的手势。

五十

洞穴内的角落。一具留着络腮胡的尸体靠在岩壁上。

五十一

他们的上半身。"圣·塞巴斯蒂安"露出吃惊和恐惧的神情,向船长搭话。船长回答了一句。"圣·塞巴斯蒂安"稍稍后退,急急忙忙要画十字。然而这次也未能画成。

五十二

Judas(犹大)……

五十三

前述的尸体。——犹大的侧脸。一只手捏住这张脸，好似按摩一般抚摸着。于是脑袋变得透明，好似一张解剖图一般，逼真地露出了脑髓。脑髓里起初并不真切地映出三十枚银币。然而不知何时，在此之上映出或是带着嘲弄，或是露出怜悯的门徒们的脸。不仅如此，在他们对面，房屋、湖泊、十字架、做出猥亵动作的手、橄榄枝、老人——似乎映出了各种各样的事物……

五十四

前述的洞穴内的角落。靠在岩壁上的尸体渐渐变得年轻，最后变成了婴儿。然而这个婴儿的下颌上还好好地留着络腮胡。

五十五

婴儿尸体的脚心。两只脚的脚心正中间都画有一朵蔷薇。但是那蔷薇的花瓣眼见着都落在了岩石之上。

五十六

他们的上半身。"圣·塞巴斯蒂安"越来越兴奋,又在和船长搭话。船长毫无回应。但是船长却近乎严肃地盯着"圣·塞巴斯蒂安"的脸。

五十七

一半脸在帽子的阴影下,目光锐利的船长的脸。船长慢慢伸出舌头。舌头上有一个狮身人面的女妖[1]。

---

[1] 斯芬克斯是希腊神话中一个长有翅膀的狮身人面女妖。

五十八

前述的洞穴内的角落。靠在岩壁上的婴儿尸体又逐渐开始变化,最终变成一只猴子骑在另一只猴子肩膀上。

五十九

前述的洞穴内。船长饶有兴致地跟"圣·塞巴斯蒂安"搭话。然而,"圣·塞巴斯蒂安"垂着头,好似并没在听船长说话。船长突然抓住他的手腕,一边指着洞穴外,对他做出"你看"的手势。

六十

沐浴着月光的山中景致。这景象兀自变成满是"海葵"的陡峭岩石。空中飘浮着水母群。而这些也消失了,最后一个小小的地球在广阔的黑暗之中转动。

六十一

在广阔无垠的黑暗之中转动的地球。伴随地球的转动变得缓慢,不知何时变成了橙子。这时出现一把刀,将橙子一切为二。白色橙子的切开面上出现一根磁针。

六十二

他们的上半身。"圣·塞巴斯蒂安"靠着船长,一动不动地注视着天空。何等类似疯子的表情。船长依旧冷笑着,睫毛一动不动。不仅如此,他还从披风中拿出了一个骷髅。

六十三

船长手上的骷髅。一只灯蛾从骷髅的眼睛里飞出来,翩然飞向天空。此后又有三只、两只、五只。

六十四

前述洞穴内的空中。空中前后左右满是四处飞来飞去的无数灯蛾。

六十五

那些灯蛾中的一只。灯蛾在空中飞舞之时变成了一只鹫。

六十六

前述洞穴内。"圣·塞巴斯蒂安"依旧靠着船长，不知何时闭上了眼睛。且他一离开船长的手臂，便倒在岩石上。但是他又抬起上半身，再次仰望船长的脸。

六十七

倒在岩石上的"圣·塞巴斯蒂安"的下半身。他用手支撑着身体，偶然抓住岩石上的十字架。起初还很害怕，之后突然紧紧抓住。

六十八

覆盖住十字架的"圣·塞巴斯蒂安"的手。

六十九

朝向后面的船长的上半身。船长越过肩膀在窥视着什么,脸上浮现满是失望的苦笑,接着便静静地捋着络腮胡。

七十

前述的洞穴内。船长快速走出洞穴,走下微明的山径。于是山径上的风景也随之逐渐下移。船长身后有两只猴。船长走到樟树下,稍稍止步,脱下帽子,对一个不见形体的东西鞠躬。

七十一

前述的洞穴内。只是此次也是面向外面。紧紧握着十字架,倒在岩石上的"圣·塞巴斯蒂安"。洞穴外天色渐渐微明。

七十二

自上而下斜看的岩石上的"圣·塞巴斯蒂安"的脸。柔和的晨曦中,有泪水慢慢滑过他的脸颊。

七十三

前述的山径。旭日笼罩下的山径又像原来一样顾自变成了黑色桌子。桌子左边摆的净是黑桃 A 和花牌。

七十四

朝阳照射进来的房间。主人正好刚打开门送人出门。房间角落里的桌子上有酒瓶、酒杯和扑克牌等等。主人坐在桌前，点上一支香烟，接着打了一个大大的哈欠。留有络腮胡的主人的脸与红毛人船长一模一样。

后记

"圣·塞巴斯蒂安"是唯一一位日本天主教徒，极具传奇色彩。参照浦川和三郎所著《公教会在日本的复活》第十八章。

1927 年 3 月 7 日

梦

我实在疲惫至极。肩颈处的僵硬自不必说,失眠症也愈发严重。不仅如此,即便偶尔得以入眠,也会做各式各样的梦。曾几何时有人说"伴有色彩之梦是不健康之征兆"。或许与我是画家有关系,我所做之梦,大多都与色彩有千丝万缕的联系。我与友人一起穿过郊区一家像是咖啡店的玻璃门,进入店内。那扇满布灰尘的玻璃门外是铁路道口。道口边的柳树刚刚抽出新芽。我俩坐在角落的桌子边，吃着装在碗里的料理。然而吃完一看，却发现碗底留有一条一寸长的蛇头——如此之梦也色彩分明。

我租住之地位于极为寒冷的东京郊外。我一旦陷入忧郁，便会从租房后面爬上土堤，俯视省线电车的轨道。满布油污和斑斑锈迹的碎石之上的几条轨道发出亮光。对面的土堤上一棵似是椎树的树木斜伸出树枝。说这景致本身便是忧郁本物，丝毫也不为过。然而这里的景致却比银座和浅草更为符合我的心境。"以毒攻毒"——我独自蹲在土堤上，抽着一根烟，时不时如此思忖。

我并非没有朋友。我的朋友是有钱人的儿子，一位年轻的西洋画家。他见我无精打采，便劝我出门旅游。"钱的事定是船到桥头自然直。"——他对我这般殷切相劝。但是我自己比任何人都清楚，即便旅游也无法治愈我的忧郁。事实上，三四年前，我在陷入如此忧郁境地之时，为暂且分散注意力，不辞辛苦去往长崎旅行。然而抵达长崎后，却发现任何一家旅馆都不称心意。不仅如此，好不容易安顿下来，晚上有几只飞蛾扑扇着翅膀飞了进来。我如此遭罪后，不到一周就决定返回东京……

一个尚留有残霜的午后，我取钱回来的路上突然萌发了创作欲。这也是因为有了进账可以请模特的缘故。话虽如此，我突然萌发的创作欲也确实高涨。我没有回租借的住处，而是先去了一处名为 M 的地方，为了完成约十号画布大小的人物画作，雇用了一名模特。如此一番下定决心，也让深陷忧郁之中的我久违地获得了活力。"若能完成这幅画，则死而无憾。"事实上我甚至这样想。

从 M 那请来的模特的脸蛋并不十分漂亮。但是毫无疑问，身材，特别是胸部漂亮极了。此外全部梳到后面的头发也确实甚是浓密。我对这个模特很是满意，请她坐在藤椅上后，赶紧着手工作。赤身裸体的她手持英文报纸卷成的细卷代替花束，两腿稍微并拢，倾斜脖颈摆出姿势。但是，我一面对画架，就觉得精疲力竭。我的房间朝北，屋内只有一个火盆。我自然将火盆烧得几乎要焦了。即便如此，房间内依旧寒意逼人。她坐在藤椅上，两腿肌肉时不时反射似的颤抖。我一边挥动画刷，一边觉得愤懑焦躁。与其说是对她，倒不如说是对自己连再买一个炉子都无法负担而愤怒。同时也是对因这些许小事而费神的自己的愤怒。

"你家在哪儿?"

"我家?我家在谷中三崎町①。"

"你一个人住吗?"

"不,我和朋友两人租住的房子。"

我如此一边闲话,一边在描绘有静物的旧画布上慢慢着笔添色。她偏着脖子,全无表情。不仅是她的表情,就连她的声音也毫无起伏。于我而言只能认为这是她与生俱来的性情。我感觉到她稍稍心安,便时不时请她在规定时间外继续摆姿势。但是不知为何,我却在她那眼睛都不转一下的姿态中感觉到一种不可思议的压迫感。

我的创作进展并不顺利。完成一日工作后,我大抵会瘫倒在毯子上,按揉脖颈和脑袋,或是心不在焉地环顾房间。房间里除了画架,只有一把藤椅。因空气湿度变化,有时即便无人坐在上面,藤椅也会发出响声。这时我会觉得毛骨悚然,忙不迭出门散步。虽说散步,不过是沿着租住之地后面的土堤去往有很多寺庙的乡镇街道。

但是我一日也不休息,日日面对画架。模特也每日都来。在此期间,面对她的身体,我比先前更感觉到压迫感。当然我也的确对她的健康羡慕不已。她躺在粉红色地毯

---

① 东京都台东区的地名,上野公园附近。

上，依旧面无表情地紧紧盯着房间一角。"此女子似动物尤胜人类。"我手握画刷在画架上挥舞，时常生出如此想法。

一个日暖风和的午后，我依旧面向画架，辛勤地挥动画刷。模特今日似乎比往日更为沉默。这越发让我从她的身体上感到一种野蛮的力量感。不仅如此，我还嗅到她腋下散发出的某种气味。那气味有些类似黑人皮肤散发出的臭味。

"你哪里生人？"

"群马县××町。"

"××町？那儿有很多织布厂啊。"

"嗯。"

"你没织过布吗？"

"孩童时代织过布。"

如此谈话间，我突然发现她的乳头饱满挺立，好似洋白菜的芽即将绽开之态。我一如往常地继续心无旁骛地舞动画刷。然而奇怪的是，我无法不去在意她的乳头——那有些令人心惊肉跳之美。

夜幕降临，风仍未停歇。我突然从睡梦中醒来，准备去租住之处的厕所。然而意识清明后却发现纸推拉门打开着,我却似乎一直在房间里打转。我不由得停下脚步,神情恍惚地看着房内,最终目光落在自己脚下的粉红色地毯上。而后我光着脚用脚趾抚摸着那地毯。地毯的触感意外与皮毛相似。"这地毯背面是何颜色?"这让我十分在意。然而掀开地毯看背面这一事却让我莫名恐惧。于是我从厕所回来,匆匆爬上了床。

翌日,工作结束后,我较平日更为失落。然而,我在自己的房间内反而觉得更加心浮气躁。于是我终究还是朝租住之地后面的土堤走去。周遭天色已暗。然而奇怪的是,即便光亮不足,树和电线杆却依旧清晰可见。我沿土堤前行,想要大声叫喊。但我自然必须压制这一念头。我一边觉得似乎只有自己的脑袋在行走,一边沿土堤走向破败不堪的乡镇街道。

这乡镇街道一如往常,几乎不见行人。但是路边的电线杆上拴着一头朝鲜牛。朝鲜牛伸着脖子,用如同女子一般水雾蒙蒙的眼睛直勾勾地盯着我。那是一种似乎一直在等待我到来的表情。我品出那牛的表情里明显有一种泰然自若的挑战意味。"那家伙面对屠夫必定也是此种眼神。"这种感觉让我忐忑不安。我越发忧郁起来,最终避开那头牛,拐进旁边的小巷。

两三日后的一个午后，我一如往常地面对画架，毫不懈怠地挥动画刷。躺在粉红色地毯上的模特依旧连眉头都不动一下。这半个月来，我一直对着这个模特，继续那并不顺利的创作。然而我俩也丝毫未能互通心情。不，倒不如说我所承受的来自她的压迫之感日益强烈。即便休息时间，她也是连一件衬裙都不穿。对我所说之话，她不过阴郁低沉地回答一句。但是今日，不知为何，她背对着我（我突然发现她右肩上有一颗痣），在地毯上伸展着腿，向我搭话。

"老师，通往您租住之地的路上铺着几块细石吧。"

"是的……"

"那是胞衣塚吧。"

"胞衣塚？"

"嗯。为了标示埋葬着胞衣而立的石块。"

"何以见得？"

"可以清楚地看到上面的字。"

她隔着肩膀看向我，瞬间露出近似冷笑的表情。

"每个人都是裹着胞衣来到世上的吧？"

"说什么无聊话。"

"但是，一想到裹着胞衣出生……"

"？"

"就觉得自己像是狗的幼崽。"

我面对她，舞动起没有进展的画刷。没有进展？但那并不意味着我没有激情。我总是觉得在她身上的某种特质正在寻求一种狂野的表达方式。然而表现出这种特质却实非我力所能及。不仅如此，我也有逃避表现这种特质之意。或许那是想要避免使用油画颜料和画刷来进行表现的心情。若说用什么来表现，我继续挥动着画刷，时不时想起某地博物馆里的石棒和石剑。

她离开后，我在昏暗的灯光下翻开高更[①]的大型画集，一张张欣赏塔希提岛的画。欣赏过程中，不知不觉间，我嘴里不断重复着"吾以为当如此"这句古文。为何要重复这句话，自然我自己也一无所知。但是，我变得惶恐不安，便请女佣铺好床铺，自己服下安眠药后入睡。

我睁眼醒来之时，已近十点。或许是昨夜甚为暖和，我睡在了地毯上。然而，我更加耿耿于怀的是睡醒前所做之梦。我站在这房间正中间，意欲单手掐死她。（但是我自己清楚地知道那是梦。）她脸稍稍后仰，依旧面无表情地慢慢闭上眼睛。与此同时，她的乳房胀得圆鼓

---

① 高更，一般指保罗·高更（Paul Gauguin，1848—1903），法国后印象派代表画家。

鼓的，很是漂亮。乳房散发柔光，且隐约可见浮现出的静脉。我对掐死她一事没有丝毫踌躇。不，莫不如说我有种完成该做之事的近乎愉快的感觉。最终她似乎闭上眼，像是真的安静死去一般。从这样的梦中醒来的我洗完脸后，连饮了两三杯浓茶。但是我的心情却变得更为郁郁不乐。在我心底，并没有想要杀死她的念头。可是，我的意识之外……我抽着烟，压抑着自己惴惴不安的心情，一直等待着模特到来。然而，到了一点，她还是没出现在我的房间。在等待她的这段时间，我如坐针毡。我甚至想不再等她，自己出门散步。然而出门散步之事对我来说也甚为恐怖。走出房间的纸推拉门——如此简单的小事也让我的神经无法承受。

天渐渐暗下来。我在房间里踱来踱去，仍在等待不大可能出现的模特。此时，我想起十二三年前的一件事。我，当时还是孩子的我在天黑后会点上蚊香烟花。自然不是在东京，而是在我父母居住的乡下宅子的走廊外。就在这时，有人大声喊道"喂，振作点儿"。不仅如此，还在摇晃我的肩膀。我当然以为自己坐在走廊上，然而迷迷糊糊一看，却发现不知不觉间自己蹲在宅子后面的葱地里，一个劲儿往葱上点火。而我的火柴盒也不知何时差不多空了。我抽着烟,不得不思索我的生活之中还存在我自己一无所知的时间。有如此想法的我,与其说是不安,倒不如说是胆战心惊。我在昨夜的梦里单手掐死了她。但是,如若那不是梦的话……

翌日,模特仍旧没来。我最终决定去 M 店,打听她是否安好。然而 M 店老板亦不知她的下落。我越发不安起来,于是询问了她的住所。据她自己所说,她应住在谷中三崎町。但是据 M 店老板说,她住在本乡东片町[①]。我在将将上灯之时抵达她位于本乡东片町的住所。那是在一条小巷里,涂着粉红油漆的西式洗衣店。透过玻璃门可以看见洗衣店内有两个只穿一件衬衫的职工在麻利地用熨斗熨烫衣服。我不慌不忙地正要推开这家店的玻璃门。然而我的脑袋却突然撞上了玻璃门。那声响不仅吓到了职工,也吓到了我自己。

我怯生生地走进店里,向一个职工问道。

"那个叫……的小姐在吗?"

"……自前日起一直没回来。"

这话让我心神不宁。但是,要不要继续问下去对我而言尚需思忖。我抱持一种想法,如若有万一,必须设

---

① 东京都文京区地名。

法让他们不会对我有所怀疑。

"那人有时外宿，一周都不回来。"

一个面如土色的职工继续操作着手中的熨斗，如此补充了一句。他的话语带有清晰可辨的轻蔑之意。我也生了气，于是匆匆离开这家店。但是这尚算好的。我走在较多居民区的东片町的街道上，突然想起不知何时在梦境中也经历过这桩桩件件。涂有油漆的西式洗衣店，面如土色的职工，烧着火的熨斗——不，就连来寻她这事也确与我数月前（或是数年前）梦中所见全无差别。不仅如此，在那梦里，我好像也是离开洗衣店，在这寂寥的街道上独自彷徨。而后……而后那梦中的记忆就丝毫未留了。但是我又觉得，若是现在发生什么的话，则又会立即成为那梦境中发生之事……

1927 年

古 千 屋

⊔ 一 ⊔

　　樫井之战[1]发生于元和元年[2]四月二十九日。在大阪

---

[1] 樫井之战,发生于1615年,江户幕府和丰臣家之间大阪夏之阵中其中一场战役。对战双方为浅野长晟军与丰臣军。丰臣军在此战役中失去了墙直之及淡轮重政。
[2] 元和元年,1615年。

势力之中颇负盛名的塙直之[①]、淡轮重政[②]等人都在这一战中阵亡。尤其是盔甲上插有金箔纸制成的旗帜,挥动十字长枪的塙团右卫门直之。他战斗至长枪枪柄断裂,最终死在樫井。

四月三十日未时[③],击溃他们军队的浅野长晟[④]向大御所[⑤]德川家康呈报这场战斗的胜利,并献上直之的首级。(为等待将军秀忠从江户抵达京都后进攻大阪城,家康自四月十七日起就在二条城住下。)派去的使臣是长晟的家臣关宗兵卫和寺川左马助二人。

家康命令本多正纯[⑥]查验直之的首级。正纯便退到隔壁房间,轻轻地打开装有首级的桶盖,看了看直之的首级,

[①] 塙直之(1567?—1615),出家之时号铁牛。后以"塙团右卫门"之称扬名天下。曾作为加藤嘉明的家臣,担任铁炮大将,后出奔。大阪冬之阵中因夜袭敌军而声名大噪。樫井之战中,与浅野长晟军交战时战死。
[②] 淡轮重政(?—1615),战国时代至江户时代初期武将,丰臣氏家臣。曾任六郎兵卫。
[③] 未时,现在的下午两点前后。
[④] 浅野长晟(1586—1632),江户时代前期的大名。1600年,关之战后跟随德川家康。1615年大阪夏之阵中樫井之战中打败塙直之而立大功,曾任从五位下右兵卫佐、但马守、从四位下侍从。
[⑤] 大御所,指卸下征夷大将军职位,隐居的前将军。德川家康于1605年将征夷大将军一职传位于德川秀忠后,称为大御所。
[⑥] 本多正纯(1565—1637),本多正信长子,安土桃山时代至江户时代初期的武将,大名,后跟随父亲成为德川家康家臣,参与关原之战。擅于内政、谋划。

然后他在桶盖上写下"圩"字，放下箭头，如此向家康回禀："暑热难当，直之的首级已然腐烂，因此臭味难闻，是否仍需检查？"

但是，家康并不理会这一建议。

"世人死后皆如此。务必将首级带至此。"

正纯又退回隔壁房间，一动不动地坐在盖有母布①的首级桶旁。

"怎么不快些？"

家康朝隔壁房间喊道。曾在远州横须贺当过步兵的塙直之不知不觉间成为了闻名天下的武将。不仅如此，家康的妾阿万曾为她所生之子赖宣，一段时间内每年给直之二百两黄金。最后，直之除一身武艺外，还曾拜入大龙和尚门下，修习了不立文字②之道。家康想要查验这样一个人的首级，这或许并非偶然⋯⋯

然而，正纯没有回答，而是未待隔壁房间待命的成濑正成③和土井利胜④询问，便自顾自地说道：

---

① 母布，背在铠甲背部，防止箭矢的护具。以竹为骨，覆盖上布。
② 不立文字，禅宗的修行不以文字和语言来传达。用以表述禅宗立场的用语之一。
③ 成濑正成（1567—1625），战国时代至江户时代初期的武将、大名。曾任从五位下隼人正。
④ 土井利胜（1573—1644），安土桃山时代至江户时代初期的武将、谱代大名。江户幕府老中·大老。曾任大炊头、侍从。

"听闻，人之为物，随年纪增长，心肠会变得越发固执可怕。看来大御所这般弓马娴熟之人也与一般升斗小民无异。正纯自认多少对弓马惯例有所了解。因直之的首级是第一个首级，只要直之尚未瞑目，就决计不能将首级呈与将领查验。大人却仍旧执意要求上呈、查验之意，这不正是一好例证吗？"

家康隔着花鸟花纹的推拉门听到正纯之言后，就不再提检查直之首级一事。

二

当月三十日晚，井伊直孝①的营帐里，一名刚满三十岁的女仆突然仿佛疯魔了一般，大声叫喊了起来。那女子名唤古千屋。

"如塙团右卫门这般武士的首级，竟不能被大御所查验吗？我堂堂一员大将……竟然蒙受如此屈辱，必定要来作祟……"

---

① 井伊直孝（1590—1659），江户时代前期的武将、谱代大名，曾任扫部头。

古千屋一直这样一边不断叫喊，一边朝空中高高跃起。两侧的男男女女之力也难以制止她。古千屋那凄惨绝伦的叫喊声自不必说，加之试图制止她的众人所发出的喧闹声更是沸反盈天。

自然，井伊营帐之中的骚乱必定会传入德川家康耳中。不仅如此，直孝还谒见家康，并禀告说，直之的恶灵已然附在古千屋身上，人人自危。

"直之有怨恨亦是情理之中。那么便速速查验吧。"

家康在大蜡烛的烛光照耀下斩钉截铁地命令道。

深夜，在二条城的大堂内查验直之的首级反倒比白天更显庄重。家康身披一件茶色的羽织外套，穿着裤口扣紧的裙裤，按照规定的仪式查验直之首级。此外，首级左右两侧都立有身着盔甲的近卫武士。二人皆手握剑柄，目不斜视地注视着家康查验。直之的首级并没有腐烂。只是，脸上带有赤铜色，且的确如本多正纯所言，一双大眼睛尚未瞑目。

"如此，想必墒团右卫门也得偿所愿。"近卫武士之一的横田甚右卫门如此说道，向家康行了一礼。

然而家康只是点了点头，一句也未回答。不仅如此，家康还唤来直孝，将嘴凑近直孝耳畔，低声命令道："去查一查那女人的来历。"

三

自然，家康已亲自查验首级一事也传到井伊营帐。古千屋听闻后，叫喊道："本愿，本愿！"脸上露出了微笑。而后她便好似极为疲惫一般沉沉入睡。井伊营帐中的男男女女终于如释重负。事实上，古千屋那男人一般浑厚的叫骂声实在骇人。

这时，已经天明。直孝立即召见古千屋，试着打听她的来历。在这样的营地里，古千屋显得实在瘦弱。尤其是她那如惊弓之鸟一般的模样，与其说是可怜，不如说是令人痛惜。

"你是哪里生人？"

"奴家出生在艺州广岛的城里。"

直孝目不转睛地盯着古千屋，问完这些话后，慢慢掷出最后一问。

"你与塙团右卫门有所关联吗？"

古千屋似乎吓了一跳，不过，她稍稍迟疑后，出乎意料地坦率回答道："是，实在难以启齿……"

据她所说，她与塙团右卫门生下了一个孩子。

"或许是这个缘故，昨晚听闻主上尚未查验，我虽不过一介女流却实在伤心，不知不觉便失去了意识。或许我说了什么大逆不道之言，却全然不记得了……"

古千屋双手抵在地上，显然很是激动。她那憔悴不已的模样，几近晨曦中闪烁的薄冰。

"罢了，罢了。你下去休息吧。"

直孝让古千屋退下后，再次拜见家康，一五一十地禀报了古千屋的身世。

"果然和塙团右卫门有所关联。"

家康第一次露出微笑。人生于他而言，就像一张东海道的地图一般清晰。即便在古千屋发疯一事中，家康也在不知不觉间领悟到人生给予他的教诲。一切事物皆有表里两面。此次推测又一次与年过七十的他的经验不谋而合……

"果然如此。"

"那个女人该如何处置？"

"罢了，继续留下差遣吧。"

直孝有些恼火。

"可是，她欺瞒主上之罪……"

家康沉默少顷。但是，他心中的眼睛正注视着人生底层的黑暗处——与那黑暗之中的形形色色的怪物四目相对。

"您可愿意听臣下一言？"

"嗯，欺瞒主上……"

于直孝而言，这是毋庸置疑之事。然而，家康却不知何时瞪大了比寻常人大一倍的眼睛，像是面临敌阵一般，气势凛然地回答道——

"不，我并未被欺瞒。"

1927 年 5 月 7 日

胤子的烦忧

胤子收到一张请帖，丈夫的前辈——一位实业家邀请他们二人去参加自己千金的婚礼，她饶有兴趣地对正好要出门上班的丈夫说道：

"若是我缺席的话，有些失礼吧？"

"那是自然。"

丈夫一边系领带，一边对映在镜中的胤子回答道。

由于镜子立在衣橱之上，可以说他不是对着映在镜子里的胤子，更像是对着镜中胤子的眉毛在答话。

"可是，婚宴是在帝国饭店举行吧？"

"在帝国饭店——吗？"

"哎呀，你竟然不知道？"

"嗯……喂，背心！"

胤子急忙拿起背心递给他，继续说婚宴之事。

"在帝国饭店的话，吃的是西餐吧？"

"那不是理所当然。"

"所以我才忧心。"

"为何？"

"因为……我从未学过如何吃西餐。"

"谁学过那东西……"

丈夫一披上外衣，就漫不经心戴上春季用的礼帽，而后大致看了一下柜子上的婚礼请帖，说道："什么呀，不是四月十六号吗？"

"无论是十六号，还是十七号……"

"所以，还有三天时间。我的言下之意，你就用这段时间练习一下。"

"那明天是周日，你要领我去哪儿学习一下！"

然而丈夫一言不发，匆匆忙忙出门赶往公司了。胤子送丈夫出门后，不由有几分忧郁。当然她身体欠佳也是原因之一。她没有孩子，独自在家后便在长火盆边拿起报纸，一栏不漏地逐一过目，想要搜寻看看有没有这方面的报道。不过，报上虽有"今日菜单"，却没有西餐用餐方式的相关内容。西餐用餐方式？她突然想起女子学校的教科书上好像写有这样的内容，于是眼疾手快地从小型橱柜的抽屉里取出两册旧家政读本。不知不觉间这些书上翻阅过的痕迹都已变黑。不仅如此，还散发出毋庸置疑的一股霉味儿。胤子将这些书摊开放在细瘦的膝盖上，比读任何小说都要认真地浏览着目录。

"棉布和亚麻布的洗涤。手绢、围裙、袜子、桌布、餐巾、蕾丝……

"垫子。榻榻米、毛毯、油地毡、地毯……

"厨房用具。陶瓷器皿、玻璃器皿、金银器皿……"

对这册书断了念想的胤子又查阅起另一册。

"绷带法。绷带卷、绷带巾……

"分娩。新生儿的衣服、产房、产具……

"收入及支出。工资、利息、企业收入……

"家庭管理。家风、家庭主妇须知、勤劳与节俭、交际、爱好……"

胤子大失所望地将书扔到一边，起身走到日本冷杉木制成的宽大梳妆台前扎头发。不过，她仍旧对西餐的用餐方式耿耿于怀……

次日午后，丈夫瞧着胤子忧心忡忡的模样实在于心不忍，特地领她来到银座大街内部的餐厅。胤子坐在桌旁，起先看到餐厅除却他俩没有其他人，放下心来。但是一想到这家店也是门可罗雀，不禁体会到对丈夫奖金数额产生影响的经济萧条。

"真是可怜，如此门可罗雀。"

"别开玩笑了。我可是专挑没有客人的时间来的。"

而后丈夫拿起刀叉，教她如何吃西餐。事实上，他教授的方法也未必正确。但是他一刀一刀切着芦笋，已然是在倾囊相授。自然，胤子也全情投入。不过，最后端来橙和香蕉的时候，她不由得思考起这些水果的价格。

他们离开西餐厅后走在银座大街背面的街道上。丈夫似乎因终于尽了义务而感到心满意足。但是，胤子在心中反复回想叉子的用法，咖啡的喝法。不仅如此，她老是想万一出了差错该如何是好……她生出一种病态的不安感。银座大街里侧一片寂静，阳光也静悄悄地洒在柏油路上，一派春日气息。胤子一边敷衍地回答着丈夫的话，一边稍稍落后地迈着步伐……

这日，自然是她第一次踏入帝国饭店。胤子跟在身着带有家纹和服的丈夫身后爬上狭窄的楼梯，总觉得轻质凝灰岩和砖瓦砌成的饭店内部让人生出近似恐惧之感。她甚至感觉沿着墙壁走时还看见，有一只正在跑动的大老鼠。感觉？这是一种实际的"感觉"。她扯了扯丈夫的衣袖，说："哎呀，有老鼠。"然而丈夫回过头来，脸上露出一丝近似困惑的神情，只回了句："在哪儿……是你的错觉吧。"在丈夫还没说出口前，胤子早已意识到是自己的错觉。然而，越是有所觉察就越发不自主地神经紧绷。

他们在餐厅的角落里落座，开始动起刀叉。胤子虽然也不时看向戴着白帽子[①]的新娘。但是，更令她在意的自然是盘里的食物。即便只是将面包送入口中，她也觉得全身的神经都在颤抖。加之，叉子从手中掉落之时，她更是茫然失措、进退两难。然而，幸好这顿晚餐渐渐接近尾声了。胤子看到盘子里的沙拉，回想起丈夫的话："沙拉端出来时，就说明这顿饭即将结束。"但是正当

---

① 日本女性结婚时会戴上白色帽子，遮住新娘的头发和前额。

她以为终于可以松一口气时，又不得不举起香槟并起身。那是这顿晚餐中最为煎熬的几分钟。她怯生生地离开椅子，将杯子举至稍低于眼睛的高度，不知不觉中感觉到自己的骨头都在发抖。

他们从电车的终点站拐进一条小巷。丈夫似乎醉得很厉害，胤子一边小心注意着丈夫的脚，一边兴高采烈地滔滔不绝。这时，他们经过一家灯火通明的"饭馆"。店内，一个只穿一件衬衫的男人一面和一个店里的女侍者嬉戏玩闹，一面就着鱿鱼喝酒。如此光景，虽然胤子只是一瞥而过，但是她对这个男人——这个疏于打理胡子的男人产生了鄙夷之情，同时却又不禁羡慕起他的无拘无束。经过这家"饭馆"之后便都是些住宅房，于是周遭也因此昏暗了下去。胤子在如此夜色之中嗅到树木发芽的气味，不知不觉想起自己的出生地——乡下。也想起母亲买了两三张五十日元债券就自鸣得意地说："即便如此，不动产也增值了啊！"……

次日早晨，异常无精打采的胤子向丈夫搭话，丈夫一如往常地在镜子面前系着领带。

"老公，你看了今早的报纸吗？"

"嗯。"

"你看了本所还是哪里的便当店家的女儿发疯的报道吗？"

"疯了？为何？"

丈夫穿上背心，将目光转向镜中的胤子。与其说是转向胤子，不如说是转向胤子的眉毛。

"据说是被员工还是什么人亲了一口的缘故。"

"就为这种事疯了？"

"会发疯的。我觉得会。昨晚我又做了骇人的梦……"

"什么梦？——这条领带今年用完该弃了。"

"我犯下一个极为严重的错误，不知道具体做了什么。反正是犯下了什么大错，于是跳进火车轨道的梦。这时火车开过来了——"

"以为被撞了，一下子醒了过来吧。"

丈夫已经披上了外套，戴好了春季戴的礼帽。但是他依旧对着镜子，打量着领带系好没有。

"不，被撞之后，在梦里，我还是活得好端端的。只是身体变得七零八落，只剩下眉毛留在铁道上……这果然还是因为这两三日我一个劲儿担忧西餐的用餐方式吧。"

"可能如此。"

胤子一边送丈夫出门,一边半是自言自语地继续说道:"昨晚要是搞砸了,我也不知道自己会做出什么事来。"

但是丈夫却什么也没说,匆匆忙忙地出发前往公司。终于只剩胤子独自一人之时,她照旧坐在长火盆前,饮着茶壶里不再滚烫的粗茶。但是,不知为何,她的心情失去了平和。面前的报纸上刊登有樱花盛放的上野公园的照片。她心不在焉地看着照片,准备再喝一口粗茶。这时,茶水上不知不觉间浮起像云母一样的油。不仅如此,也许是错觉,那形状与她的眉毛一模一样。

"……"

胤子托着腮,连梳头的力气都没有,只是一动不动地盯着那粗茶。

1927 年 3 月 28 日

齿　轮

一、雨衣

为出席一友人的婚礼，我提着一个公文包，从某避暑地①乘车赶往东海道的某车站。汽车行进的道路两侧几

---

① 指神奈川县鹄沼。

乎都是枝繁叶茂的松树。能否赶得上上行列车^①实在难说。汽车里除了我还载有某理发店店主。他长着一张好似枣子一般圆圆胖胖的脸，留有短络腮胡。我心里很是在意时间，嘴上却不时与他搭话。

"竟有如此怪事。据说××先生府上白天也有幽灵出没。"

"白天也出没？"

我眺望着对面沐浴着冬日的西沉日头的松山，漫不经心地附和道。

"据说天气晴好的日子里好像并不出来。闹得最厉害的是雨天。"

"该不会是想故意淋湿才雨天出没的吧？"

"您说笑了……不过听说是身着雨衣的幽灵。"

汽车鸣着喇叭紧邻着车站口停下来。我与理发店店主道别，走进车站。果不其然，上行列车两三分钟前已经出站。一位身着雨衣的男子坐在候车室的长凳上，神情恍惚地向外张望。我想起适才听说的幽灵的故事，微微苦笑了一下。我决定先前往车站前的咖啡馆等待下班列车。

---

① 上行列车指开往东京方向的列车。

这咖啡馆是否应该被称为咖啡馆值得商榷。我坐在角落里的桌子边，点了一杯可可。桌子上铺的桌布是白底细蓝线粗格子的防水桌布，但是边边角角露出浅浅污渍的麻布底子。我喝着有股胶臭味的可可，环顾不见人影的咖啡馆内。满布灰尘的墙壁上贴有几张什么"日式亲子丼""炸肉排"之类的纸片。

"本地鸡蛋、蛋包饭。"

我看着这些纸片，感觉到邻近东海道线的乡村气息。那是电气机车在麦田、洋白菜田之间穿行的乡下……

乘上下班上行列车时已临近日暮时分。平日，我总是乘坐二等车厢。然而，不知是何缘由，此次选择了三等车厢。

火车内很是拥挤。且我前后似乎皆是前往大矶还是何处远足的小学女生。我点上烟，望着这群女学生。她们个个眉飞色舞，几乎一直说个不停。

"摄影师，'Love Scene'[①]是什么？"

在我跟前的似是和她们一起去远足的摄影师，在含含糊糊地应付着她们的问题。然而一个十四五岁的女学生仍在喋喋不休地追问各式各样的问题。我突然发现那

---

① 当时开始流行的外来语。

女生鼻子上有个脓包，这让我有些忍俊不禁。这时，我身旁一个十二三岁的女学生坐在一位年轻女教师膝上，一只手搂着女老师的脖子，另一只手摩挲着老师的脸。且和别人搭话期间，她也时不时找女老师说话。

"老师您真好看。您有一双十分好看的眼睛。"

她们给我的印象，与其说是女学生，不如说像是成熟女性。当然，啃带皮的苹果、剥开糖果包装纸这些事除外……然而我看到，一位稍稍年长的女学生在通过我这侧之时不知踩到了谁的脚，马上说了声"对不起"。我反而觉得，这个比其他人更为成熟老练的女孩其实更像女学生。我叼着香烟，不禁对意识到此种矛盾的自己发出冷笑。

不知何时，车厢内的电灯亮起，火车终于抵达郊外的某个车站。我下车来到寒风刺骨的月台上，过了桥，等待省线电车到来。此时，偶然遇见了在某公司工作的T君。我们在等车期间聊起不景气等问题。T君自然比我更了解这些问题。然而，他粗壮的手指上戴着实在与不景气相去甚远的绿松石戒指。

"你戴的这个可非比寻常啊。"

"你说这个啊，这戒指是前往哈尔滨做买卖的朋友硬是撺掇我买下的。因为和共同合作社的生意成不了，那家伙现在也是一筹莫展。"

幸好我们所乘坐的省线电车不似火车那般人满为患。我俩并排而坐，天南地北地聊起来。T君这个春天刚从巴黎的工作地返回东京，于是我们自然而然也聊起巴黎之事。什么卡约夫人[①]之事，螃蟹料理，外出访问的某位殿下……

"法国生活倒没那么困苦。只是原本法国人也不愿纳税，因而内阁总是倒台……"

"但法郎不是暴跌了吗？"

"那是新闻说的。但是你去那边亲眼看一看。那边的报纸上，日本不是大地震，就是大洪水。"

话音刚落，一个身着雨衣的男子走了过来，坐在我们对面。我心下一惊，想同T君说此前听说的幽灵之事。然而此时，T君一下子将他的手杖转向左边，脸朝向前，小声对我说道：

"那边坐着一个女人对吧。披着灰色披肩……"

"那个梳着西式发型的女人？"

[①] 1914年政治家约瑟夫·卡约（Joseph Caillaux）的妻子亨丽埃特（Henriette）夫人枪杀了《费加罗报》主编卡尔梅特（Calmette）。

"嗯，抱着包袱的女人。那位今年夏天去了轻井泽[①]哟，穿着颇有几分时髦的洋装。"

然而她此时却一副任谁看了都觉得寒酸的打扮。我一面和T君聊着，一面偷偷瞟向那个女人。不知为何，她的眉宇之间让人觉得像个疯子。且她抱着的包袱里，露出好似豹子一般的海绵。

"在轻井泽之时，她与一个年轻的美国人共舞来着。叫摩登还是什么来着。"

我与T君道别时，穿着雨衣的男子不知何时已经不见了踪迹。我自省线电车的某车站下车，依旧提着公文包走向某饭店。道路两侧，高楼林立。我走在路上，突然想起了松林。不仅如此，我的视野里还出现了奇怪的东西。奇怪的东西？——那是个不断旋转的半透明齿轮。在此之前，我多次有过这样的经历。齿轮数量不断增加，占据了我的一半视野。然而这并不会持续多久，过一会儿便会消失，取而代之的是我开始头痛。——次次如此。因为这种错觉，眼科医生屡次要求我少吸烟。然而早在二十岁，我还未爱好上香烟之时就已见过这样的齿轮。我心想"又来了"，为测试左眼视力，我用一只手遮住

[①] 轻井泽，位于日本长野县，有名的避暑胜地。

了右眼。果然左眼并无任何异状,但右眼眼睑内有数个齿轮在转动。我眼见右侧的高楼大厦逐渐消失,匆匆忙忙地前行。

我进入饭店门厅之时,齿轮早已消失,但是依旧头疼欲裂。我寄存外套和帽子之时顺便订了一间房。而后我打电话给一家杂志社商量钱的事。

婚宴好像早已开始。我坐在桌子一角,开始动餐刀和叉子吃起来。以正面的新郎、新娘为中心,五十多人围坐在白色凹字形的餐桌边。不用说,每个人都喜气洋洋的。而我却在明晃晃的灯光下变得越发黯然神伤。为逃避这种情绪,我开始向邻座的客人搭话。恰好是一位留有狮子般白色胡须的老者,也是一位我有所耳闻的知名汉学家。于是,我们的话题不知不觉中聚焦在古典上。

"所谓麒麟便是独角兽。此外,凤凰便是被称为不死鸟的鸟……"

这位知名汉学家似乎对我的这番"高谈阔论"颇有兴趣。我机械地侃侃而谈之间,逐渐生了病态的破坏欲,将尧舜杜撰成架空人物自不必说,甚至说《春秋》的作者是往后很多年的汉代人物。于是乎,这位汉学家表现出露骨的不悦之情,丝毫不看我的脸,像老虎低吟一般打断我的话。

"若说没有尧舜的话，那岂不成了孔子撒谎。圣人岂会信口雌黄。"

自然，我只能沉默不语。而后便准备用餐刀和叉子切盘子里的肉。这时，我看到一只小小的蛆静静地在肉的边缘蠕动。这蛆使我想起英文"Worm（蠕虫、蠕动）"。这肯定也似麒麟、凤凰等词语一般，代表着某种传说中的动物。我放下餐刀和叉子，盯着杯子里不知何时满上的香槟。

婚宴终于结束后，为了躲回先前订下的房间，我走在空空荡荡的走廊上。走廊给我的感觉，与其说是饭店走廊，不如说像监狱。然而万幸，我的头痛不知不觉间有所缓解。

不用说，公文包、帽子和外套早已送到我的房间。我看着挂在墙上的外套，好像看到我自己站在那里一样，于是急忙将外套取下来丢进房间角落的衣橱。然后我走到镜子前，目不转睛地盯着镜子里自己的脸。映在镜中的我的脸露出皮肤下的骨骼形状。倏然，蛆清晰地浮现于我的记忆之中。

我打开门走到走廊，漫无目的地向前走。此时，通向大厅的角落里有一盏绿灯罩高脚落地灯。那盏落地灯高调鲜明地映在玻璃门上。那景象不知为何给我带来一种平心静气之感。我在灯前的椅子上落座，陷入纷繁的思绪之中。然而还没能坐上五分钟，一件雨衣就出现在我旁边的长椅的椅背上。不知是何人脱下的雨衣无精打采地耷拉着挂在椅背上。

"这天寒地冻的天，居然……"

我心里很是不解，再次折回走廊。走廊角落的接待处空无一人。然而他们的说话声却隐约传到我的耳朵里。好像是被问到什么而回答的一句英文"All right（可以）"。"All right"？不知不觉间我因为想要正确掌握这对话之意而焦急不已。"All right"？"All right"？到底什么"All right"？

自然，我的房间很是安静。然而打开门走进房间这一事却让我有些战战兢兢。稍有踌躇后，我破釜沉舟一般打开门走进房间，此后便有意不去看镜子，坐在桌子前的椅子上。椅子是接近蜥蜴皮的青色摩洛哥山羊皮的安乐椅。我打开公文包拿出稿纸，想接着写一篇短篇小说。然而蘸上墨水的钢笔却迟迟没有动静。不仅如此，刚开始写，便持续不断地重复写出相同的词语：All right……

All right……All right……All right……

此时床边的电话突然铃声大作。我被吓得手忙脚乱，起身拿起话筒接听。

"请问是哪位？"

"是我，是我……"

电话那边是我姐姐的女儿。

"怎么了？出了什么事吗？"

"是的，出大事了。所以，总而言之出了大事，刚刚我也给舅母打了电话。"

"大事？"

"是的，所以请您马上回来。马上！"

电话被挂断了。我将话筒放回去，条件反射似的按铃。但是我清楚感觉到自己的手在震颤。侍者总是不来。与其说是焦急，我更感觉到心如刀割。在无数次按铃之后，我终于领悟到命运教会我的"All right"这一词的含义。

那日午后，我姐夫在离东京不远的乡下被轧死[①]。且披着与季节极不相称的雨衣。现在，我还在那家饭店的房间里继续写先前的那篇短篇小说。浓重夜色之下的走

[①] 1927年1月，芥川龙之介的二姐家发生火灾。同年，因为房屋被烧不久前买了火灾保险而被怀疑纵火骗保的姐夫西川丰卧轨自杀。

廊上空无一人。然而,时而可以听到门外扑扇翅膀的声音。或许是谁家养鸟吧。

二、复仇

早上八点,我在这家饭店的房间里醒来。然而,我正准备下床时却发现拖鞋莫名其妙只剩了一只。这是这一两年间一直让我担惊受怕的现象。这现象还让我联想起希腊神话中只穿一只凉鞋的王子。我按铃唤来侍者,请他帮忙寻找另一只拖鞋。侍者一脸不可置信的表情在狭小的房间里四处寻找。

"在这里。在浴室里。"

"怎么会跑到那里去?"

"不知道啊,也许是老鼠干的。"

侍者离开后,我喝着不加牛奶的咖啡,开始润色先前的小说。用凝灰岩镶成窗框的四方形窗子正对着积雪的庭院。我每每放下钢笔就会魂不守舍地眺望那积雪。打着花苞的瑞香花下的积雪被城市的煤灰沾染弄脏了。那是何等令我痛彻心扉的光景。我点上香烟,不知不觉停笔开始陷入无尽的沉思,想着妻子、孩子们,尤其是姐夫之事……

姐夫自杀前蒙受纵火的嫌疑,那实属百口莫辩。他在家中失火前买了房价两倍金额的火灾保险。更何况,他还是因伪证罪而判缓刑之人。然而使我忐忑不安的不仅是他的自杀,而是每当我回东京一定会看见哪里失火。我或是在火车里看到山火,或是在汽车里(那时与妻儿同行)看到常盘桥附近失火。且在他家失火之前,我就有火灾的预感。

"今年我家或许会发生火灾。"

"怎么说不吉利的话……如果失火那就麻烦了,也没好好买保险……"

我俩曾经聊过这些事,但是我家没有失火——我努力压抑自己的胡思乱想,想要再次动笔,然而无论如何却再也不能顺利写下一行字。我只得离开桌子,躺在床上,读起托尔斯泰的 Polikouchka(《波利库什卡》)[①]。小说主人公虚荣心、病态倾向和名誉心互相交织,性格极

---

① 《波利库什卡》是俄国作家列夫·托尔斯泰(1828—1910)的中篇小说,描述的是贫穷的农夫波利库什卡,本质善良却懦弱而沉迷饮酒,最终绝望自杀的故事。

其复杂。但是如果将其一生的悲喜剧稍加修正的话，则正好成为诠释我一生的讽刺漫画。特别是在他的悲喜剧中领悟到的命运冷笑使我越发毛骨悚然。没看上一小时，我便从床上起身，立马拼尽全力将书扔向垂着窗帘的房屋角落。

"去死吧！"

这时，一只大老鼠从窗帘下斜着从地板上跑向浴室。我着急忙慌地跑进浴室，打开门四处寻找。然而，白色浴缸的犄角旮旯皆不见老鼠踪影。我突然有点害怕，火急火燎地脱下拖鞋换上皮鞋，步行至不见人影的走廊。

今日的走廊还是一如既往如监狱一般阴沉。我低着头，沿着楼梯上上下下，不知不觉走进了厨房。厨房格外明亮，排列在一侧的灶台中，火烧得正旺。我穿过那里，感觉到头戴白色帽子的厨师们冷眼看着我。同时我再次感觉到自己如坠地狱。"神啊，请惩罚我吧。请勿动怒。我怕是会毁灭。"——这一瞬间，我嘴里自然而然地吐露出这样的祈祷。

我一走出饭店，便沿着雪融后映射着蓝天的道路匆匆走向姐姐家。道路旁公园里的树木，枝叶都已发黑，且一棵棵树都如人类一般有前有后。与其说这让我情绪低落，毋宁说让我觉得触目惊心，让我想起在但丁的地狱①中变成树木的灵魂。我走向高楼林立的电车轨道的对面，然而在那却也没能顺利走上一百来米。

"我正巧路经这里，不好意思……"

是一位穿着金色纽扣制服的二十二三岁的青年。我一言不发地注视着这位青年，发现他鼻子左侧有颗黑痣。他摘下帽子，怯生生地跟我搭话。

"请问您是 A 先生吗？"

"正是。"

"我觉得就是您……"

"请问有何事？"

"不，没有。只是想见见您。我是先生您的忠实读者。"

未待他说完，我已经摘了一下帽子，立马将他抛在了身后。先生，A 先生——这是近来让我最为不快的话语。我坚信自己犯下了所有罪恶。他们却寻找各种机会继续称呼我为先生。这种行为，让我感到一种嘲弄我的意味。是什么呢？——但是我的现实主义不能不拒绝神秘主义。我已于两三月前在某小型同人杂志上发表过如此言论。

---

① 但丁的地狱，是指意大利诗人、文艺复兴先驱但丁（1265—1321）所创作的史诗《神曲》中的《地狱篇》。

"我并无以艺术上的良心为首的什么良心,我所有的不过神经而已。"……

姐姐与三个孩子一起在空地上的临时宿舍里避难。贴有褐色纸的临时宿舍里面比外面更加寒冷。我们围着火盆暖着手,杂七杂八地闲聊。身强体壮的姐夫本能地看不起比常人瘦弱一半的我。不仅如此,他还公开批评我的作品不道德。而我一直以来也是冷漠地对他,从未开诚布公地与他聊过天。然而在与姐姐说话之际,我渐渐领悟到,他也如同我一般堕入了地狱。据说他千真万确在卧铺车厢里看到过幽灵。我点上香烟,尽量只谈钱的事。

"既然已到如此地步,我想把东西全部卖掉。"

"的确如此。打字机之类的还能卖几个钱吧。"

"嗯,此外还有一些画什么的。"

"顺便也卖掉N(姐夫)的肖像画吗?但是,那是……"

我一看见那幅挂在临时宿舍墙壁上没有裱框的炭笔素描画,就觉得自己不能无所顾忌地开玩笑。据说他因为被火车轧死,脸已经完全变成肉块,只剩下一点胡须。当然这话本就让人有些毛骨悚然。但是他的肖像画各处都细细描绘,却不知为何唯独胡须模糊不清。我以为是光线的缘故,便从不同位置观察着这幅素描画。

"你在做什么？"

"没什么……只是这幅肖像画嘴巴那边……"

姐姐稍稍回头看了看，好像浑然未觉一般，回话道：

"好像就是胡子薄了点。"

我所见并非错觉。可如果不是错觉……没等到午饭时间，我便决定离开姐姐家。

"这样好吗？"

"等我明天再……今天要去青山。"

"啊，要去那里？怎么，身体还不见好？"

"还是一个劲儿吃药。只吃安眠药就很头疼。佛罗拿、诺伊罗那、台俄那、诺马尔……"

约三十分钟后，我走进一栋大楼，乘电梯前往三楼。而后我想推餐厅的玻璃门进去，却怎么也推不开玻璃门。不仅如此，门上还悬挂着写有"固定休息日"的漆木牌。我越发心烦意乱，隔着玻璃门看了看里面桌子上堆着的苹果和香蕉，便再一次回到了道路上。此时，有两位公司职员打扮的男子一边愉快地交谈一边走进了大楼，与我擦肩而过。两人中的一人好像说了句"真叫人着急啊"。

我伫立在道路边等待出租车。出租车却老是等不到。即便偶尔来了也必定是黄色出租车。（黄色出租车不知为何总会让我遇上交通事故。）过了一会儿，我终于等来一辆相对吉利的绿色出租车，我决定暂先前往青山墓地附近的精神病院。

"焦急——Tantalizing（焦急）——Tantalus（坦塔罗斯[①]）——Inferno（地狱）……"

实际上，坦塔罗斯正是隔着玻璃门盯着水果的我自己。我两次诅咒了浮现于眼前的但丁的地狱，死死盯着司机的后背。此时我又感觉世间所有一切皆是虚妄。政治、实业、艺术、科学——于我而言，所有的一切不过是掩盖恐怖人生的瓷漆。我的呼吸越发困难，遂打开了车窗。然而心脏被揪住的感觉却始终挥之不去。

绿色出租车终于行至神宫前。那里应该有一条可以拐向那家精神病院的小道。可是今日我却怎么也找不到那条小道。我让出租车沿着电车的路线数次往返，最终只得放弃，悻悻地下车。

终于，我找到了那条小道，转进满是泥泞的道路继续前行。然而我又不知不觉弄错了路，走到了青山殡仪

[①] 坦塔罗斯，希腊神话中主神宙斯之子，因被处罚，永生忍受折磨。

馆前面。自十年前夏目先生的告别式①以来，我甚至再也没有从这栋建筑物的门前经过。虽然十年前的我也并不幸福，但至少平和安稳。我眺望着铺着沙石的庭院，一边想着"漱石山房"②的芭蕉，一边不由得感叹我的一生也算告一段落。不仅如此，我也领悟到冥冥之中有什么东西在第十个年头将我带来此墓地前。

走出精神病院大门，我又乘坐汽车，准备返回先前的饭店。然而，下车后走到饭店门厅处，却发现一位身着雨衣的男子在与侍者争吵。与侍者？不，不是侍者，是身着绿色衣服的汽车司机。我对于走进这家饭店有种不祥的预感，于是赶忙按照原路折回。

如此一番，我走在银座大街上时已近黄昏。我看着两侧林立的店铺和往来匆匆的人流，不由更觉怅然若失。往来行人好似不知罪过为何物一般迈着轻快的步伐一事让我尤为不快。我在暗淡的日光和电灯的光亮的交叠之中一直向北前行。走着走着，一家堆满了杂志等的书店吸引了我的目光。我走进这家书店，带着几分恍惚抬头

---

① 夏目漱石于1916年12月9日去世。葬礼于1916年12月12日在青山殡仪馆举行。
② "漱石山房"指夏目漱石位于东京都新宿区早稻田南町七号的住所。

仰望不知几层高的书架。然后，我翻开一册名为《希腊神话》的书。黄色封面的《希腊神话》似乎是为孩童所作。然而，无意间读到的一行字却重重地击在我的心上。

"最为伟大的宙斯神也无法与复仇之神分庭抗礼……"

我走出书店，混入人群中前行。不知不觉中，我感觉到复仇之神一直瞄准着我那已微微蜷曲的背脊，准备伺机而动。

三、是夜

我在丸善书店二楼的书架上发现了斯特林堡的《传说》，拿起并翻看了两三页。书里写着与我的经历相差无几之事，且书还套有黄色封面。我将《传说》放回书架，这次几乎是顺手抽出了一册相当厚重之书。然而，这册书中有一页插画里满满排列着与我等人类无甚差别，有眼有鼻的齿轮。（那是一册某德国人收集的精神病人的画集。）不知不觉间，我在自己的忧郁之中感到反抗精神的崛起，好像自暴自弃的赌徒一般翻开一册册书。然而不知为何每册书的文章或是插画中都或多或少藏有一些针。每册书？——当我将自己读过数遍的《包法利夫人》①拿在手里之时,最终觉得自己也只是中产阶级的包法利先生……

已近黄昏的丸善二楼,除我之外再无旁人。电灯灯光之下,我穿梭在书架之间,而后在标有"宗教"挂牌的书架前停下,翻开了一册绿色封面的书。这册书的目录上有一章上写着"令人生畏之四大敌——怀疑、恐惧、傲慢、性欲"。我一看到这样的字眼,越发感觉到反抗情绪的澎湃。那些被称作敌人的种种,至少于我而言不过是感性与理智的别称。然而传统精神终究亦如近代精神一般致使我不幸,这让我越发忍无可忍。我拿着这册书,忽然想起曾用过的笔名——"寿陵余子"。那是一个不仅没学会邯郸的走路姿势,甚至忘记了家乡寿陵的走路姿势,结果只能蛇行匍匐归乡的《韩非子》②中的青年。今日之我,在任何人眼中都必定状似"寿陵余子"。可是,尚未堕入地狱的我却用它做了笔名——我想驱除杂念,便努力远离高大的书架,走向了正好位于我对面的海报展

---

① 《包法利夫人》是法国作家福楼拜(1821—1880)创作的长篇小说,讲述的是一个充满激情和爱欲的女子艾玛的人生经历。
② "邯郸学步"最早出自《庄子·秋水》。

览室。那里也有一张海报画有好似圣乔治①的骑士正在独自斩杀一条长有翅膀的龙。且骑士在盔甲之下露出与我的敌人相似的半张面目可憎的脸。我再次想起《韩非子》中"屠龙之术"②的故事,于是没看完展览便沿着宽阔的台阶下了楼。

我步行于已入夜的日本桥大道上,继续思考"屠龙"这一词语。这"屠龙"二字正是我所持有的一方砚台上的铭文。赠与我这方砚台的是一位年轻企业家。他经历了各式各样的事业上的失败,终究于去年年底破产。我抬头望向天空,想要思考这不计其数的星辰光辉之中,地球何其渺小,继而又想我自己又是何等渺小。然而,白日碧空如洗的天空不知何时已经完全阴沉下来。我突然觉得有什么东西对我抱持敌意,于是决定去电车线对面的一家咖啡馆"避难"。

这确是"避难"无疑。我因这家咖啡馆里蔷薇色的墙壁而收获了某种近乎平心静气之感,终于舒服地在最里面的桌子前坐下。幸而那里除我以外仅有两三位客人。我啜着一杯可可,一如往常抽起烟来。淡蓝色香烟的烟

---

① 圣乔治屠龙是欧洲的神话故事。
② 出自《庄子·列御寇》,比喻虽然技术高超,却无实用之处。

雾爬上蔷薇色的墙壁。如此柔和协调的颜色亦让我感到心情舒畅。但是没过多久，我看见自己左侧的墙壁上装饰着的拿破仑的肖像画，渐渐又感到坐立不安。拿破仑在他的学生时代，在地理笔记本的最后写上了"圣赫勒拿①，小小岛屿"。或许那是我们所说的偶然。然而那的确让拿破仑本人也感觉到胆战心惊……

我一边盯着拿破仑，一边思考起自己的作品。于是，《侏儒的话》里的箴言最先浮现于记忆之中。（尤其"人生比地狱更为地狱"这一句。）而后，我想起《地狱变》的主人公——名叫良秀的画师的命运。还有……我抽着烟，为逃避这种种记忆而开始四处观察这家咖啡馆。我来此避难尚不足五分钟。然而如此短暂的时间里，这家咖啡馆却完全变了模样。其中让我最为不快的是仿桃心花木的桌椅与周围的蔷薇色墙壁全无协调之感。我担心自己会再次陷入不为他人所知的苦楚中，于是掷出一枚银币就急忙要走出咖啡馆。

"喂！喂！总共二十钱……"

原来我方才掏出的是铜币。

我一边觉得耻辱，一边独自走在道路上，不觉想起在

---

① 圣赫勒拿岛，拿破仑在此被流放直至去世。

遥远松林之中的我的家①。那不是位于某郊外的我养父母的家,而是为了以我为中心的家人们而租借的家。算起来,差不多到十年前②我就住在那里。然而因为一件事③,我草率地决定与父母同住。伴随而来的是我变成了奴隶、暴君、软弱无能的利己主义者……

几番折腾,我回到之前的饭店已是晚上十点。一直长途跋涉的我已无气力回到房间,只得坐在燃着粗圆木头的火炉前的椅子上。而后我构思起计划写的长篇。这部长篇以推古④到明治之间的各个时代的平民为主人公,由三十余篇短篇按照时代顺序串联而构成。我眼见火炉里的火星上窜,忽然想起矗立在皇居前的一座铜像⑤。那座铜像身披甲胄,好似忠义之心的化身一般昂首挺胸地跨坐于马上。然而他的敌人是——

"谎言!"

我的思绪再次从遥远的过去返回眼前的现代。此时,

---

① 松林之中的家,指位于鹄沼的家。
② 新婚不久后在镰仓租住的家。
③ 芥川于1919年辞去横须贺海军机关学校的工作,作为作家进入大阪每日新闻社工作,于是搬去田端,与养父母和姨母一起生活。
④ 推古,推古天皇(554—628),日本历史上第一位女性天皇,日本第33代天皇。
⑤ 矗立于皇居前广场的楠木正成的铜像。楠木正成,镰仓末期至南北朝时期的武将,对于推翻镰仓幕府有所贡献。

幸好一位雕刻家前辈走来。他一如往常地穿着天鹅绒外套，留着短短的、向上翘起的山羊胡。我从椅子上起身，握住他伸出的手。（这并非我的习惯，只是遵从在巴黎和柏林生活了半辈子的他的习惯。）然而不可思议的是，他的手像爬虫类动物的皮肤一样湿润。

"你住在这里吗？"

"是……"

"因工作？"

"是的，也是为了工作。"

他目不转睛地盯着我的脸。我感觉到他眼中流露出类似侦探的神情。

"来我的房间聊几句，如何？"

我挑战一般地说道。（明明缺乏勇气却会临时起意采取挑战姿态是我的恶习之一。）于是，他微笑着反问："你的房间在哪？"

我们两人如同好友一般肩并肩，穿过悄声聊天的外国人，走向我的房间。他一走进我的房间，便背对镜子坐了下来。之后，我二人天南海北地聊开了。天南海北？——其实大多是有关女性的话题。毋庸置疑，我是因犯下罪行而堕入地狱的一人。正因如此，有悖道德的谈话也让我更加郁郁寡欢。我一时间成了清教徒，嘲弄起那样的女子。

"你看S子的嘴唇。那是和许多人接吻的缘故……"

我突然止住了话头，注视着镜中他的背影，发现他的耳下正好贴着一块黄色膏药。

"和许多人接吻的缘故？"

"我觉得她就是那样的人。"

他微笑着颔首。我觉得他的内心好像为窥探我的秘密而不断留意着我。不过，即便如此我们的话题也始终未曾离开女性。与其说我憎恶他，倒不如说我因自己的庸懦无能而感到耻辱，越发忧郁得不能自已。

好不容易等他离开我的房间，我便躺在床上开始看《暗夜行路》[①]。我对主人公的每次精神斗争都感同身受。与这位主人公相比，我是何等痴傻。思虑至此，我竟不知不觉落下泪来。而眼泪同时也让我的情绪得以平静。不过这并没有持续多久，我的右眼再次出现一个半透明的齿轮。齿轮依旧不断旋转增加。我担心会头痛，便将书本置于枕边，吞下0.8克佛罗拿，决定暂且好好

[①] 《暗夜行路》是日本小说家志贺直哉（1883—1971）的自传式长篇小说，描写了一个名叫时任谦作的小说家的生活经历。

睡一觉。

可是，我在梦中眺望着一个游泳池。那里有几个男孩女孩在游泳、潜水。我离开游泳池朝向对面的松林走去。此时，有人在我背后唤我"孩子他爸"。我稍一回头，看见了站在游泳池前的妻子。同时，我又觉得后悔不已。

"孩子他爸，要毛巾吗？"

"我不要毛巾。你注意看着点孩子。"

我再次迈开脚步。然而不知何时，我所在之处变成了月台。那是看起来似是乡下的车站，有长长灌木篱笆的一个月台。月台上站着一个名叫 H 的大学生和一位年迈的女人[1]。他们一看见我，便走到我面前，争先与我搭话。

"真是一场大火啊。"

"我也是好不容易才逃到这里。"

我觉得这位年迈的女性似曾相识。不仅如此，与她交谈让我感到某种愉悦的兴奋感。正在这时，火车喷着烟静静地紧挨着月台停下。我一个人乘上这列火车，在两侧垂着白布的卧铺车厢中走动。于是，我看见一个卧铺上有一个好似木乃伊一般的裸体女子面朝我这边躺着。

---

[1] 或指堀辰雄和片山广子。

那必定又是我的复仇之神——一个疯子的女儿……

我一睁开眼,不由自主地从床上窜下来。我的房间一如既往因亮着灯而十分明亮。然而我听到不知从何处传来翅膀的声音和老鼠的撕咬声。我打开房门沿着走廊,急匆匆走到火炉前。然后我坐在椅子上,注视着摇摆不定的火焰。这时一位身着白色衣服的侍者走到这边来添加柴薪。

"几点了?"

"三点半左右。"

但是,对面大厅的角落里,一位像是美国人的女人正在阅读着一册什么书。她穿着一件即便远远望去也能够看得分明的绿色连衣裙。我觉得自己好像得救了,决定就这般直待到天明。好像经年累月为病痛所苦,最终静待死亡来临的老人一般……

四、还没完

终于,我在这家饭店的房间里完成了手头的短篇,并寄往了某家杂志。而我的稿费甚至不足以支付一周的房费。但是，我因完成了自己的工作而感到心满意足。于是为了找寻某种精神上的振奋剂，我决定出门前往银座的某家书店。

冬日阳光下的柏油路上散落着几张纸屑。或许是因为光线，那几张纸屑都好似蔷薇花一般。我莫名感到一种善意，于是走进那家书店。书店也比平日更为干净。只见一个戴眼镜的小女孩在和店员说话，这让我耿耿于怀。不过当我想起落在道路上的纸屑蔷薇花，便决定买下《阿纳托尔·法朗士[①]对话集》和《梅里美[②]书信集》。

我抱着这两册书，走进一家咖啡馆。而后我坐在最靠里的桌子前等我的咖啡。我对面坐着两位像是母子的一男一女。儿子虽比我年轻，却长得几乎和我一模一样。不仅如此，他们如同恋人一般互相贴近脸庞交谈。我在看着他们的同时发觉，至少儿子意识到自己在性方面给予了母亲安慰。那是连我都曾经历的某种"亲和力"[③]的例证之一，同时也是将现世变为地狱的某种意志的例证之一。然而当我害怕再度陷入苦楚之时，幸而咖啡来了。

[①] 阿纳托尔·法朗士（Anatole France，1844—1924），法国作家、文艺评论家。
[②] 梅里美，一般指普罗斯佩·梅里美（Prosper Merimee，1803—1870），法国作家、历史学家。
[③] 此处可能参考歌德于1809年出版的长篇小说《亲和力》。

我开始阅读《梅里美书信集》。与他的小说一样，他的这册书信集中也处处闪耀着尖锐的箴言之光辉。种种箴言将我的心情锻造成铁一般坚硬（容易受影响也是我的弱点之一）。喝完一杯咖啡，我生出一种"管你是什么，尽管放马过来吧！"的豪情壮志，快步流星走出了咖啡馆。

我走在道路上，观赏着形形色色的装饰橱窗。一家相框店的橱窗里装饰着贝多芬的肖像画。一幅头发倒立、一脸天才模样的肖像画。可是我却觉得画像里的贝多芬有些滑稽……

这时，我突然与高中的旧友不期而遇。这位教应用化学的大学教授抱着大大的公文包，一只眼睛红通通的，像是要流出血来。

"怎么回事，您的眼睛？"

"这个？这只是结膜炎。"

我突然想到，这十四五年以来，每次当我感到"亲和力"，眼睛就会像他一样患上结膜炎。不过我对此闭口不谈。他拍拍我的肩膀，聊起我们共同的朋友。之后，聊着聊着，他领我去了一家咖啡馆。

"真是久别重逢。大约自朱舜水[①]的建碑仪式一别，就没见过了。"

他点上烟，隔着大理石桌子对我说。

"是的，那个朱舜……"

不知为何，我无法正确发出朱舜水这一名字的发音。这就是日语本身给我带来的惊惶不安。然而他却毫不在乎地继续滔滔不绝。名叫K的小说家[②]、他所买的斗牛犬、什么"路易氏"毒气……

"你好像一点都没写呢。我倒是读了《点鬼簿》……那是你的自传吗？"

"是，我的自传。"

"那有些病态啊。近来您身体可好？"

"和以前一样大把吃药。"

"我这阵子也得了失眠症。"

"我也？——为什么你说'我也'呢？"

"因为你不是说你患上了失眠症吗？失眠症很是危

---

① 朱舜水（1600—1682），名朱之瑜，号舜水，明末著名儒学者。清军南下后，积极参加反清复明运动，失败后，于1659年流亡日本。水户藩主聘请他至江户（现东京）讲学，许多学者慕名而来。朱在日本传播儒学，对水户学产生了深远影响。
② 推测可能为米久正雄。

险啊。"

他那充血的左眼里浮现出近似微笑的神情。在回答之前,我发觉自己无法正确发出"失眠症"的"症"字的音。

"就疯子的儿子而言这很正常。"

没过十分钟,我又独自走在道路上。散落在柏油路上的纸屑时不时看起来如同人的脸一样。这时,对面走来一位短发女子。远远看去她很是动人。然而走近一看,她不仅面容丑陋,满脸细小皱纹,似乎还怀有身孕。我不由自主地别过脸拐进一条宽阔的巷道。但是步行了一段时间就感到痔疮疼了起来。那是一种非坐浴不能缓和的疼痛。

"坐浴,贝多芬也曾坐浴……"

立刻,坐浴时使用的硫黄气味直冲我的鼻子。当然,这里根本没有硫黄。我再次想起纸屑蔷薇花,努力端正身体向前走。

约莫一小时后,我自己躲在房间,坐在窗前的桌子旁,开始动笔写新小说。钢笔在纸上不停滑动,连我自己都觉得不可思议。但是两三小时后我却像被某种不可见的事物压制住一般停了下来。我不得不离开桌子,在房间里四处转悠。我的夸张幻想在此时最为明显。在野蛮的欢乐之中，我觉得自己没有父母，也没有妻儿，唯有钢笔之下流淌出的生命。

但是四五分钟后，我不得不去面对电话。无论如何回话，电话中都只是不断重复着含糊不清的话语。然而那些话在我听来不过是像在说"摩尔"。最终，我放下电话，再次在房中闲晃。只是"摩尔"一词莫名在我脑海中挥之不去。

"摩尔——Mole……"

摩尔在英语里是"鼹鼠"之意。这一联想也使得我颇为不快。然而两三秒后，我将"Mole"改拼成"la mort"。"la mort"在法语中是"死亡"之意，这立刻使我惴惴不安。死亡像曾经逼近姐夫一般逼近我。然而我在这惶恐不安之中也感到有几分可笑。不仅如此，我甚至不知不觉微笑起来。这种可笑的感觉因何而起？——我自己也无从得知。我久违地站在镜子前，认真直面我的影子。我的影子自然也在微笑。我盯着这个影子，想起第二个我。第二个我——我居然从未在自己身上看到德国人所谓的"Doppelgaenger（分身）"。但是成为美国电影演员的K君①的夫人曾在帝国剧场看到过第二个我。(因为K君的夫人突然对我说"前几日没能跟您打个招呼",我记得自己当时百思不得其解。)之后,已经驾鹤西去的某位独脚翻译家也曾在银座的一家香烟店见过第二个我。或许,与其说死亡即将降临于我,不如说即将降临于第二个我。又或者,就算是已然降临于我——我转身背对镜子,再次坐回窗户前的桌子边。

透过凝灰岩窗框镶成的四方形窗子,可以看到枯草和水池。我眺望着这个庭院,想起遥远松林中烧毁的多册笔记本和未完成的剧本。之后,我提起钢笔,开始继续写新小说。

五、赤光②

日光开始让我痛苦不堪。实际上我如鼹鼠一般,放下窗户前的窗帘,白天也点着灯,奋笔疾书,继续创作

---

① 推测可能为上山草人。上山草人(1884—1954),本名三田贞,日本演员。妻子为山川浦路。
② 《赤光》,斋藤茂吉的第一部歌集,也被认为是其代表作。斋藤茂吉(1882—1953),日本诗人、精神科医生。

已经开了头的小说。因工作而疲惫时，我便翻开丹纳[①]的《英国文学史》，浏览诗人们的生平。他们皆是不幸之人。伊丽莎白时代[②]的巨人们——一代学者本·琼森[③]也曾陷入精神性疲劳，甚至在他自己的大脚趾上观察过罗马与迦太基两军交战。我对他们如此这般的不幸，竟不由得体会到一种充满残酷恶意的欢欣。

一个东风怒号的夜晚（这于我而言是一种好征兆），我穿过地下室来到道路上，前去拜访一位老人[④]。他在一家圣经公司做杂务，同时还潜心祈祷和研读书籍。我们一边在火盆旁烤着火，一边在墙壁上悬挂着的十字架下畅聊各种话题。为何我的母亲会发疯？为何我父亲的事业会失败？为何我会被惩罚？——知晓这些秘密的他露出奇妙而庄严的微笑，一直耐心陪伴着我。不仅如此，他还时不时用言简意赅的话语描绘出人生的讽刺漫画。

[①] 丹纳，一般指伊波利特·阿道尔夫·丹纳（Hippolyte Adolphe Taine，1828—1893），法国文艺理论家、哲学家、文学史家。
[②] 指伊丽莎白一世（Elizabeth Ⅰ，1533—1603）执政时期，英国成为欧洲最为强大的国家之一。在文学史上，这一时期被称为"伊丽莎白时代"，曾涌现莎士比亚等著名文学家艺术家。
[③] 本·琼森（Ben Jonson，1572—1637），英国剧作家、诗人。
[④] 指室贺文武，起先为芥川生父新原家配送牛奶，后卖杂货，后又任职于银座的圣经公司。

我不能不尊敬这位阁楼隐士。但是与他交谈期间，我发现他亦被"亲和力"所左右。

"那个盆栽店的女儿模样好，待人接物也进退有度。——对我也十分亲切热情。"

"多大年纪？"

"今年十八岁。"

于他而言，这或许如同父爱一般。但是我却在他眼中读出了一种炽热的情感。不仅如此，在他递给我的苹果的发黄果皮上不知何时出现了独角兽的模样。（我多次在木材和咖啡杯的龟裂上发现神话中的动物。）独角兽就是麒麟。我想起一位对我怀有敌意的评论家曾称我为"九百一十年代的麒麟儿"。于是，我觉得这个悬挂着十字架的阁楼也并非安全地带。

"近来如何？"

"一如既往精神紧绷、焦躁不已。"

"光靠吃药没有用啊。考虑过成为信徒吗？"

"若是我能够成为信徒的话……"

"那并非难事。只需相信神，相信神之子基督，相信基督所创造出的奇迹……"

"我倒是可以相信恶魔，只是……"

"为何不相信神呢？若是相信阴暗的话，那怎会不相信光明呢？"

"但是，也有没有光明的黑暗之处。"

"何谓没有光明的黑暗之处？"

我只能缄默不语。他也如我一般行走于黑暗之中。只是他坚信黑暗之处光明必至。这是我与他在思维逻辑上的唯一差别。但是，于我而言那无疑是无法逾越的鸿沟……

"但是必然会有光明。有奇迹发生便是证据……种种奇迹现今也时常发生啊。"

"那是恶魔制造的奇迹……"

"为何又要说什么恶魔？"

我有一种冲动，那便是将这一两年间我的亲身经历说与他听。可是若他将我所说告诉我的妻儿，我害怕自己也像母亲一样被送进精神病院。

"那是什么？"

这位身强体壮的老人回头看向旧书架，露出一副好似牧羊神般的表情。

"《陀思妥耶夫斯基全集》。您要读一读《罪与罚》^①吗？"

十年前我就熟读陀思妥耶夫斯基的四五册著作了。因他所说的心生感动，便借了这册书返回先前的饭店。处处闪耀着电灯的光芒，人来人往的街道仍令我不快。尤其，碰见熟人肯定让我更无法忍受。于是我尽量选择昏暗的道路，像小偷一般前进。

然而没过多久，我的胃疼开始发作。要止痛，只有喝一杯威士忌。我看到一家酒吧，正打算推门进去。可一看，狭窄的酒吧里，烟雾缭绕之中，几位好似艺术家一般的青年成群结队地喝着酒。不仅如此，他们的正中间有一个留着遮耳发型的女子正在卖力地弹奏着曼陀铃。我立即感到进退两难，最终没进去，而是选择转身离开。这时我发现，不知不觉间我的影子在不停左右晃动。而且照射着我的是令人毛骨悚然的红光。我愣在了道路上，可我的影子仍旧如方才一般不停左右摇摆。我胆战心惊地回头，这才发现这家酒吧房檐下悬挂着彩色玻璃提灯。原来是吊灯随着强风在空中缓缓摇晃……

---

① 《罪与罚》是俄国作家陀思妥耶夫斯基（1821—1881）的长篇小说、代表作。小说描写了犯下凶杀案的大学生拉斯柯尔尼科夫在经历内心痛苦煎熬和忏悔后，在基督教徒的帮助下最终走上信仰之路，通过宗教信仰找到生命的安慰和依靠的故事。

接着我走进一家地下室餐厅。我站在餐厅的吧台前,点了一杯威士忌。

"威士忌吗?这里只有 Black and White[①]……"

我将威士忌倒入苏打水中,不发一语地一口接一口喝着。我旁边有两位新闻记者模样的三十岁前后的男子在窃窃私语着什么,且他们说的是法语。即使背对他们,我的全身都能感觉到他们投射过来的视线。实际上那声音像是电波一样与我的身体产生感应。似乎他们的确知道我的名字,在谈论着有关我的传闻。

"Bien……très mauvais……pourquoi?……"(真,真是太坏了……为什么?……)

"Pourquoi?……le diable est mort!……"(为什么?……恶魔已死!……)

"Oui, oui……d'enfer……"(是,是……地狱的……)

我抛下一枚银币(那是我所持有的最后一枚银币),逃出地下室,来到外面。夜风吹过道路,胃疼得以缓和的我的神经变得强壮了许多。我想起拉斯柯尔尼科夫[②],生出一种想要忏悔一切的欲望。然而这不仅仅会使我自

[①] Black and White 是英国高级威士忌。
[②] 拉斯柯尔尼科夫,《罪与罚》的主人公,在妓女索尼娅面前坦白自己的罪行。

己，也必定会使我的家庭之外发生悲剧。且这种欲望是否真实也值得怀疑。若我的神经能如正常人一般强壮的话——我因此必须去什么地方，去马德里、去里约热内卢、去撒马尔罕……

不久，一家店铺的屋檐下悬挂的小型白色招牌突然让我惊恐不安。那是绘制着带有翅膀的汽车轮胎商标。我看着这个商标，想到依赖人造翅膀的古希腊人。他飞至空中后，翅膀被太阳烧毁，最终掉落海中溺死。去马德里、去里约热内卢、去撒马尔罕——我不得不冷嘲热讽起自己这样的痴人说梦。同时我又不由自主地想起被复仇之神追赶的俄瑞斯忒斯[①]。

我沿着运河，走在昏暗的道路上。步行之间我想起位于郊区的养父母家。毋庸置疑，养父母定是在日思夜盼地等待着我归来，想必我的孩子们也是如此。但是我不由得害怕，一旦回到那里，自然而然束缚住我自己的某种力量。波浪起伏的运河上停靠着一艘驳船。那艘驳船的底部洒出星星点点微弱的光。想必船舱里一定住着男男女女一家几口人吧。他们依旧也是相爱或相憎吧……

---

① 俄瑞斯忒斯，希腊神话中的人物，阿伽门农之子。他为报父仇杀死母亲及其情人后被复仇之神惩罚。

然而我再次唤醒战斗精神，感受着威士忌带来的微醺，决定返回之前的饭店。

我再次坐在桌子前，继续读《梅里美书信集》。不知不觉间，它赋予我生活的力量。然而，当我得知晚年的梅里美成为新教教徒，突然感受到了面具之下的他的真实面貌。他亦与我们一样，是走在黑暗之中的一人。走在黑暗之中？——《暗夜行路》开始变成令我恐惧的书。为忘却忧郁，我开始阅读《阿纳托尔·法朗士对话集》。可是，这位近代的牧羊神也背负着十字架……

约一小时后，侍者前来将一叠邮件交与我。其中有一封是莱比锡的一家书店寄来的，要我写一篇名为《近代日本女性》的小论文。为何他们要特地让我写这样一篇小论文？不仅如此，这封英文信上还有这样一句亲笔写的附言："即便您的大作如同只有黑白、不具其他色彩的日本女性肖像画一般，我们也心满意足。"看到这样一行字，我联想到"Black and White"这种威士忌的名字，三下两下将信撕了个粉碎。之后我顺手拿起一封信打开，看起黄色信纸上所写的内容。写这封信的是一位素未谋面的青年。但是还没读两三行，"您的《地狱变》……"

这一句就让我气愤至极。打开的第三封信,是我的外甥①寄来的。我终于松了一口气,读起了他写的桩桩件件的家庭琐事。然而,看到最后,信中所写还是一下子击垮了我。

"给您寄来再版的歌集《赤光》……"

赤光!我觉得有什么人在冷笑,于是逃出房间避难。走廊里不见一个人影。我一手扶着墙壁,好不容易走到大厅。我坐在椅子上,点燃了香烟。不知为何,香烟是airship(飞艇)牌。〔我在这家饭店安顿下来后,一直抽的star(星)牌。〕人造翅膀再次出现在我眼前。我叫来对面的侍者,请他帮忙买两盒star牌香烟。但是,若侍者所言属实,那么偏巧只有star牌卖光了。

"要是airship牌的话还有……"

我摇着头,眼睛开始梭巡宽阔的大厅。我对面有四五个外国人正围着桌子交谈。且他们中一人——一个穿着红色连衣裙的女性似乎一边小声与他们说话,一边时不时看向我。

"Mrs.Townshead……"

一个看不见的东西在我耳边如此低语一句便离开了。

---

① 推测为芥川二姐与第一任丈夫葛卷义定的儿子,葛卷义敏。

Mrs.Townshead这个名字，我当然一无所知。即便把这个视作对面的女人的名字——我从椅子上起身，一边担心着自己会发疯，一边回到自己的房间。

我本打算一回到房间就立即给那家精神病院打电话。然而，住进精神病院于我而言，就同死了没两样。我思前想后、犹豫再三，为消减这种恐惧感，翻开了《罪与罚》。然而偶然翻开的一页是《卡拉马佐夫兄弟》[①]的一节。我以为自己拿错了书，看了看书的封面。《罪与罚》——正确无误，这本书就是《罪与罚》。我以为是印刷厂装订出了错——我觉得自己翻开那装订错误的一页是命运的手指所致，于是没办法，只得看了下去。然而还未读完一页，我就发觉自己的全身都在颤抖。那里正好描写的是正在被恶魔折磨的伊万[②]。描写伊万、斯特林堡、莫泊桑[③]，或是在这个房间里的我自己……

如今能拯救我的唯有睡眠。但是不知不觉间，安眠药一包也不剩。我终究不堪失眠的持续煎熬。然而此时，

[①] 《卡拉马佐夫兄弟》是俄国作家陀思妥耶夫斯基的长篇小说，改编自一桩真实发生的弑父案，展现出复杂的社会、家庭与人性之间的故事。

[②] 伊万，伊万·费多罗维奇·卡拉马佐夫（Ivan Fyodorovich Karamazov），老卡拉马佐夫的次子，理性主义者。

[③] 莫泊桑，一般指居伊·德·莫泊桑（Henri René Albert Guy de Maupassant, 1850—1893），法国批判现实主义作家。因病痛折磨，年仅43岁去世。

我突然生出绝望的勇气，请侍者端来咖啡后，疯魔了一般挥动起钢笔。两张、五张、七张、十张——不知不觉写出的所谓稿子堆积了起来。我让超自然动物①充满了这个小说世界。且我通过其中一种动物描绘出自己的自画像。然而，疲劳渐渐使我头昏眼花。我最终离开桌子，在床上仰面躺下，之后大约睡了四五十分钟。然而我又听到好似有谁在我耳边如此低语，便一下子睁开眼站了起来。

"Le diable est mort（恶魔已死）。"

凝灰岩窗框的窗外，不知不觉天亮堂了起来，看上去冷冰冰的。我正好驻足在门前，环顾着无人的房间。此时，我发现，对门的窗玻璃上因雾气而斑驳朦胧，呈现出小小的风景。那定是泛黄的松林对面的大海的某一处风景。我如履薄冰地靠近窗前，发现创造出这一风景的实际上是庭院里的枯草和池塘。而我的错觉却在不知不觉间唤起了我对家的一种近似乡愁的情绪。

我一边将书本和稿子塞进桌子上的公文包，一边下定决心，一到九点，就给一家杂志社打电话，跟他们借好钱后，立即回家。

---

① 指河童。可参照小说《河童》。

六、飞机

我在东海道线的一个车站乘坐上一辆开往山里的避暑地的汽车。如此寒冷的天气里,不知为何司机身披一件旧雨衣。我对这种巧合心有余悸,于是尽量不去看他,而是将目光转向窗外。于是我看到长着低矮松树的对面——怕是有些岁月痕迹的街道上,一列送葬队伍走过。队伍里好像没有糊着白纸的灯笼和供奉神明的灯火。但是,金银的人造莲花静静地在抬着棺材的轿子前后摇晃……

终于回家之后,我借助妻儿和催眠药的力量,得了两三日相当安稳的日子。在我家二楼,松林之上,隐约可瞥见海面。我只有上午,在二楼的桌子前,一边听着鸽子的声音,一边工作。除鸽子和乌鸦之外,时而麻雀也会飞进檐廊。那亦使我欢欣愉快。"喜鹊入堂",我提着钢笔,每每看到麻雀都会想起这样一句话。

一个暖意融融的阴天午后,我出门去一家杂货店买墨水。但是,那家店里陈列的尽是深褐色的墨水。比起其他墨水,深褐色的墨水是让我最为厌烦的。我只能离开这家店，一个人慢悠悠地走在行人颇少的道路上。此时，对面一位似乎近视的四十岁左右的外国人耸着肩走了过来。他是住在这里的患有被害妄想症的瑞典人，且他的名字叫斯特林堡。我与他擦肩而过时，感觉身体上似乎有某种感应。

这条道路不过两三百米。但是，在我走完那两三百米的过程中，碰到一只半边脸黑色的狗四次经过我身边。我拐向小巷，想起那种名叫"Black and White"的威士忌。不仅如此，我还想起方才斯特林堡的领带也是黑白色。我无论如何也不认为这一切是偶然。若非偶然的话——我觉得自己好像只有脑袋在移动，于是在道路上稍稍停了停。一个带有淡淡彩虹色的玻璃盆被扔在路边的金属栅栏里，盆底四周浮起翅膀一般的花纹。此时，数只麻雀从松树梢头飞了下来。而当接近那个盆时，麻雀们好像约定好的一般，一下子都逃回了天空。

我来到妻子的娘家，在庭院里的藤椅上坐下。庭院角落里的铁丝网里有数只白色来航鸡静静地走来走去。此外，一只黑狗躺在我脚边。尽管我急于弄清无人可解的疑惑，却面不改色。至少从外表看来，我冷淡疏离地与岳母和小舅子谈论着家长里短。

"一来到这,可真安静啊。"

"这里的确比东京安静。"

"这里也有纷繁世事吗?"

"自然,不管怎么说,这里也还是尘世间啊。"

岳母笑言。事实上,这个避暑地的确是"尘世间"无疑。仅短短一年间,这里发生了多少罪恶和悲剧,对此我一清二楚。意图慢性毒杀患者的医生,在养子夫妇家放火的老妇,要抢夺妹妹财产的律师……看着这些人家,就如同我总是在生活中看到地狱一般。

"这里有一个疯子吧。"

"H吗?他不是疯子哦,只是傻了。"

"叫早发性痴呆。我每次看到他都觉得很是吓人。前段日子,也不知他是怎么了,朝马头观音行着礼。"

"什么吓人……你胆子要大点儿才行。"

"姐夫倒是比我们胆大……"

没刮胡子的小舅子从床上起身,如往常一般小心翼翼地加入我们的谈话。

"胆大之人也必有软弱之处……"

"哎呀哎呀,那可让人头疼。"

我眼见如此说话的岳母,只能苦笑。这时,小舅子也微笑着眺望起远处篱笆墙外的松林，心不在焉地继续和我们聊天。（这个刚刚病愈的年轻弟弟，时常让我觉得是脱离肉体的精神本物。）

"觉得你早已过着脱离社会的生活，没想到你的人类欲望还相当强烈……"

"以为是善人，结果却又发现是恶人。"

"不，与其说是善恶，倒不如说是更为截然相反之物……"

"那就是拥有成人的外表和孩子的内在？"

"并非那样。我没办法清楚说明……或许就像电的正负两极一样吧。无论如何，同时伴随有正反两面。"

这时，激烈的飞机声将我们吓了一跳。我不由自主地抬头望向天空，看到一架飞机就快要贴着松树树梢向天空飞去。那是一架机翼被涂成黄色，少见的单翼机。鸡和狗被这声响吓得四处逃窜。特别是狗，一边吠叫一边夹起尾巴逃到檐廊下面。

"这架飞机不会坠落吗？"

"不会的……姐夫你知道'飞机病'吗？"

我点起香烟，用摇头代替回答"不知道"。

"据说是乘坐飞机的人总是呼吸高空的空气，渐渐就会变得不能忍受地面上的空气……"

离开岳母家，我走在树枝静止不动的松林中，一点点忧郁起来。为何那架飞机不飞向别处，偏偏从我头顶上方经过？为何那家饭店只卖airship牌香烟？我苦恼地思考着种种疑问，选择走在无人的道路上。

大海在低矮沙山的对面显出一片灰色，阴沉昏暗。沙山那里立着一架没有秋千的秋千架。我望着秋千架，突然想到绞刑台。实际上，有两三只乌鸦停留在秋千架上。那乌鸦见了我丝毫也没有要飞走的意思。不仅如此，停在正中间的那只乌鸦张着大嘴朝天，确确实实地叫了四声。

我沿着草皮已经枯黄的沙土堤走着，转进矗立着许多别墅的小径。这条小径右侧，一如往昔的高大松林中应该有一栋两层的西式木造房屋醒目地矗立着。（我的好友[①]将这房屋称为"春之家"。）然而，当我经过这栋房子的位置时，却见混凝土地基上只有一个浴缸。我立即想到——火灾。我尽量回避那里，快步离开。此时，一个骑自行车的男子正从对面直直地朝这边靠近。他戴着深褐色的鸭舌帽，眼神直勾勾的，身子伏在车把手上，看起来甚是怪异。

---

① 指小穴隆一。

忽然，我从他脸上看到了姐夫的脸，于是在他还没到眼前之际，我转进了旁边的小道。但是，这条小道正中间躺着一具肚子朝上、已然腐烂的鼹鼠尸体。

有什么东西瞄准了我，这使得我每走一步都觉得惶惶不安。这时，一个个半透明的齿轮又开始遮蔽我的视野。我越发恐惧最后时刻的接近，却依旧把脖子伸得直直地向前步行。伴随齿轮数量不断增加，渐渐地，它们突然旋转起来。与此同时，右侧松林的树枝静静地相互交织，开始变成仿佛恰好透过细腻的雕花玻璃看出去的景象。我感觉到心脏剧烈跳动，数度想要在路边止步。然而我就好像被人推动着一般，就连止步也绝非易事……

大约三十分钟后，我躺在我家的二楼，紧闭眼睛，忍受着剧烈的头痛。这时，我的眼皮内开始出现一双银色羽毛像鱼鳞一般堆叠起来的翅膀。那东西的确清清楚楚地映在我的视网膜上。我睁开眼睛看了看天花板。自然，天花板上没有那样的东西。确认过这一点，我再次闭上眼睛。但是银色翅膀仍旧清晰地出现在黑暗之中。我突然想起，此前乘坐的汽车散热器盖上也带有翅膀……

此时，好像有人急匆匆地上了楼，马上又慌慌张张地下楼去了。我知道那是妻子，便急忙起身，正好在楼梯前昏暗的客厅探出头来。于是看见妻子伏着身子，呼吸困难一般，肩膀不停地抖动着。

"怎么了？"

"不，没什么……"

妻子总算抬起头，强颜欢笑地接着说：

"没什么事。只是觉得孩子他爸你好像要死了似的……"

这是我这一生之中最为恐怖的经历。——我已无力继续往下写。在此种心境中生活是一种无法言喻的痛苦。有谁可以趁我熟睡之际静静地将我勒死？

1927 年遗稿

三道何故

一、浮士德[①]为何遇到了恶魔？

浮士德曾侍奉于神。因此，于他而言苹果永远是"智

[①] 浮士德是德国作家歌德（Johann Wolfgang von Goethe，1749—1832）取材于十六世纪的民间传说从而创作的长篇诗剧《浮士德》中的主人公。

慧之果"。每每看到苹果,他都会想起地上乐园[①],想起亚当和夏娃。

然而,一个雪霁的午后,浮士德端详着苹果,想起一幅油画。那是描绘某处大寺院的一幅色彩生动的油画。因此,自此时起,苹果不仅是古老的"智慧之果",还变换为近代的"静物"。

也许是出于虔敬之心,浮士德从未吃过苹果。然而,一个狂风暴雨的夜晚,他突然觉得饥肠辘辘,于是便烤了一个苹果来吃。自那日起,苹果又变成了他的食物。从此每当看到苹果,他就会想起摩西十诫[②],想到油画颜料的调色,觉得自己的胃在呻吟。

终于,一个微寒的早晨,浮士德盯着苹果,突然发现,于商人而言,苹果也是商品。事实上,若卖出十二个苹果,那必定能收获一块银币。当然,自那时起,于他而言苹果又变成了金钱。

一个阴云密布的午后,浮士德独自在昏暗的书房里思考着苹果。所谓苹果,究竟是何物?这是一个于他而

---

① 地上乐园,指伊甸园。
② 摩西十诫,据《圣经》记载,上帝借由以色列先知和首领摩西向以色列民族传达的十条规定。

言无法像过去那般轻松解决的问题。他坐在书桌前，不知不觉念叨起这个谜团。

"所谓苹果，究竟是何物？"

话音刚落，一只瘦长的黑狗[①]不知从何处闯入了书房。不仅如此，黑狗抖了抖身子，立马化身为一个骑士，恭敬地向浮士德行礼……

为何浮士德遇到了恶魔？其原因如前所述。可是，遇见恶魔并非发生在浮士德悲剧的第五幕。一个天寒地冻的夜晚，浮士德与变为骑士的恶魔一起，一边讨论苹果的问题，一边穿梭于人来人往的街市。此时，只见一个瘦削细长的孩子泪水盈眶地拉着贫穷母亲的手。

"给我买那个苹果吧！"

魔鬼稍稍驻足，指着这个孩子示意浮士德看。

"你看那个苹果。那就是一种拷问的刑具。"

浮士德的悲剧借由这句话终于拉开了第五幕的大幕。

[①] 《浮士德》中的恶魔梅菲斯特化身成为一只黑狗接近浮士德。浮士德发现黑狗后将其带回书房，黑狗现出人形，那便是梅菲斯特。

二、所罗门①为何只见过示巴女王②一次？

所罗门一生之中只见过示巴女王一次。这并非因为示巴女王所在的国度遥不可及。他施的船和希兰的船每三年运来一次金银、象牙、猴子和孔雀。然而，所罗门使者的骆驼却从未穿过包围着耶路撒冷的丘陵和沙漠，朝向示巴王国前进。

所罗门今日也独坐在宫殿里，其内心无尽孤独。摩押人、亚扪人、伊多姆人、西顿人、赫梯人等后妃都未能慰藉他的心。他思考着他一生只见过一面的示巴女王。

示巴女王并非美人，且比他年长。然而，她却是世间少有的才女。因而，所罗门每每与她问答，都能感受到自己心灵的飞跃。那是一种哪怕与任何魔术师讨论占星术的秘密之时，他都未曾感受过的喜悦。他必定是想两次、三次——又或是一辈子与威严的示巴女王谈话。

---

① 所罗门，古以色列王国第三任国王，诗人。通过通商获得巨额财富，生活奢侈无度。民众苦不堪言。
② 示巴女王，出现于《圣经·旧约》，传说为阿拉伯半岛的女王。

但是，所罗门同时也畏惧示巴女王。那是因为，他见到她之时会失去自己的智慧。至少，他所引以为傲之物，究竟是他之智慧抑或她之智慧，变得难以辨别。所罗门拥有摩押人、亚扪人、伊多姆人、西顿人、赫梯人等众多妃妾。但是，她们始终不过是他的精神奴隶。所罗门在爱抚着她们的同时，却也暗自蔑视她们。但是，唯有示巴女王有时反而会将他当做自己的奴隶。

毋庸置疑，所罗门害怕沦为她的奴隶。但是另一方面，他无疑又乐见其成。此种矛盾于所罗门而言，一直是不可名状之痛苦。他在立有纯金狮子的大象牙宝座上几度深深叹息。那叹息有时也会不知不觉变成一首抒情诗。

我所爱男子在男子之中，
好似苹果树立于森林之中。

以爱为旗飘扬于我之上。
请求，给予干葡萄补充我体力。
以苹果增添我力量。

因我思爱成疾。[1]

一日黄昏，所罗门走上宫殿的阳台，向西遥遥望去。不言自明，如此必定看不见示巴女王居住的国度。但是，这样可以给予所罗门一种近乎安心之感。而与此同时，却又赋予他一种近乎悲伤之感。

这时，忽然，在幻觉中，一只从未见过的猛兽现身于落日余晖之中。猛兽似狮子，张开翅膀，长有两个头颅。且其中之一是示巴女王的头颅，另一个则是他自己的头颅。两个头颅一边互相啃咬，一边不可思议地流下眼泪。幻觉飘浮了一会儿，便随大风吹过的声音立即消失于空中。之后，唯剩下熠熠生辉、如银链般的云彩在空中斜斜飘动。

幻影消失后，所罗门仍旧一直伫立在阳台。幻影的含义很是明显，即便除所罗门之外无人明白其中缘由。

耶路撒冷夜深之后，尚且年轻的所罗门和许多妃妾、仆人一起饮酒作乐。他所用的杯盘器皿皆为纯金制成。然而，所罗门并不像往常一般或笑或说。他只是感到一

---

[1] 出自《圣经·旧约·雅歌》第二章。

种前所未有、让人窒息的感慨高涨起来。

> 勿责备番红花之红艳。
> 勿责备桂枝之清香。
> 然我心伤悲。
> 番红花红艳过甚。
> 桂枝清香过甚。

所罗门如此一边吟唱,一边弹奏着巨大的竖琴,且不住地流泪。他的歌声充满不似来自他的激情。妃妾和仆人皆面面相觑,却无人去问所罗门这歌何意。所罗门终于唱完,垂下戴有王冠的脑袋,短暂地闭上双眼。而后——而后他突然露出笑容,如往常一般和妃妾、仆人交谈起来。

他施的船和希兰的船每三年运来一次金银、象牙、猴子和孔雀。然而,所罗门使者的骆驼却从未穿过耶路撒冷周围的丘陵和沙漠,前往示巴王国。

三、鲁滨孙为何要饲养猴子？

鲁滨孙为何要饲养猴子？那是因为他想在自己眼前看到自己的讽刺漫画。我了如指掌。鲁滨孙拿着枪，穿着破旧的裤子，抱着膝盖，总是带着可怕的微笑，目不转睛地盯着猴子。盯着皱着铅色的脸、愁眉不展地仰望着天空的猴子。

1927 年 2 月 5 日

冬

我穿着厚重的长外套,戴着帕帕克帽,步行前往位于市谷的监狱。我姐夫[1]四五日前被投进那个监狱。我不

---

[1] 日语原文直译为堂兄、表姐夫、表兄。但是根据考证,此处所指应该为芥川二姐再嫁的丈夫西川丰,即芥川的姐夫。西川丰是律师,曾因教唆伪证罪被判缓期执行。1927年1月西川丰家的房子全部烧毁。因房屋被烧毁前不久买有高额保险,西川丰被怀疑纵火和保险金诈骗。西川本人予以否认,却于同年1月6日卧轨自杀。

过是安慰姐夫的亲戚总代表。但是，我的心中的确有对监狱的百般好奇。

临近二月的街道上虽然仍留有一些大甩卖的旗帜，但是所有街道皆是冬日一般枯萎萧条。我爬上坡路，深切感觉到自己的身体已经疲惫不堪。我叔父在去年十一月因喉癌去世。然后一个少年，我的一个远房亲戚①，今年正月离家出走。然后——但是，姐夫入狱对我的打击最为沉重。我不得不与姐夫的弟弟一起，不断进行我最不擅长的交涉。不仅如此，常常伴随着这些案件所牵扯的亲属间的情感问题而来的条条框框，难以被生活在东京之外的人理解。我不由得心里想着，先去看看姐夫，然后在什么地方至少休息个一周……

市谷的监狱四周围有高高的土堤，土堤上枯草丛生。不仅如此，略有些中世纪风格的大门上，透过粗粗的木质栅栏门可以看到一个铺满沙石的庭院，和庭院中被霜打蔫的日本扁柏。我站在这扇门前，将名片递给留着一半灰白的长胡子，看起来很是良善的看守。然后他领我

---

① 1926年12月31日至1927年1月1日（1月2日返回田端的家），芥川在镰仓的旅馆"小町园"私自外宿，受到女老板的照顾。而后被称为"小小的离家出走"。

前往离大门不远的，小屋檐上布满厚厚的干苔藓的探监者等候室。那里除我以外，还有很多人坐在铺着薄薄的竹垫子的台子上等待。然而其中最为引人注目的是一位三十四五岁的女子。她身穿黑色绉绸短和服外套，正在看杂志。

一个看起来极不好相与的看守不时来到这间屋子，用没有半点抑扬顿挫的声音按顺序叫出探监人员的号码。但是我等了许久，却仍然没有被叫到号码。等了许久——我迈进监狱大门时刚到十点，然而，现在，我的手表指针即将指向十二点五十分了。

自然，我的肚子已经开始咕咕作响。但是最让我无法忍受的是等候室里的刺骨寒冷，连个火星的暖意都没有。我不断地跺脚，努力压抑着自己烦躁不已的情绪。令人意外的是，众多探监者似乎都习以为常。特别是一个叠穿两件宽袖棉袍，看起来像是赌徒的男子。他甚至连报纸也不看，只是一直不慌不忙地吃着橘子。

但是随着看守的叫号，探监者的数量逐渐减少。终于，我走到等候室前，开始在铺满碎石的庭院里踱步。那里的确能沐浴到冬日的阳光。然而，不知何时起的风，将一层薄薄的尘土吹到我脸上。于是我自然而然变得意气用事，下定决心不到四点绝不走进等候室。

不巧的是，到了四点，我仍然没有被叫到号。不仅如此，在我之后来的人也都被叫到了号，大多数人都已经离开。最终，我回到等候室，向那个似是赌徒的男子行了礼后打听起是什么情况。然而那个男人没有露出一点笑容，只是用一种听起来像民间说唱歌曲曲调的声音如此回答：

"因为一日只能见一个人。怕不是在你之前有人来探视过了吧？"

当然，他的话让我坐立不安起来。我再次去询问那前来叫号的看守，到底我能否见到姐夫。但是，那看守不仅没有回答，甚至连看都没看我一眼就离开了。与此同时，那个看起来像赌徒的男子和其他几个人跟在看守身后走开了。我站在水泥地的房间中间，机械地点燃了一根香烟。然而，随着时间推移，我心里对那面目可憎的看守的仇恨逐渐加深。（受到如此侮辱之时，我却突然不生气了。这点总是让我觉得不可思议。）

当看守再次来叫号时，刚好五点。我摘下帕帕克帽，想再次向看守询问相同的问题。但是看守扭过头去，还没听我说话就行色匆匆地走开了。"这也太过分了"，这一定是我那一刻的心情。我扔下抽了一半的烟,走向等候室对面的监狱玄关。

登上大门的石阶,透过左侧玻璃窗可以看见几个身穿和服的人正在处理事务。我打开玻璃窗,尽可能平静地对一个身着带有家徽的黑色绵绸和服的男子说话。但是,我清楚地意识到自己的脸色已经变了。

"我是来探视T的人,我能否与T见面?"

"请你等叫号。"

"我从十点起就一直在等。"

"总会叫你的号。"

"不来叫号的话就得一直等吗?要我等到天黑吗?"

"哎,还是请你再等一会儿。不管怎样,请你再等一下。"

他似乎担心我会闹事。尽管我火冒三丈,却也有几分同情这个男子。"我若是亲戚总代表,那他就是监狱总代表。"——我不由得觉得有些好笑。

"已经五点多了。请务必安排我和他见上一面。"

我丢下这句话,返回等候室。日暮的等候室里,那个盘着圆形发髻的女人,这次将杂志摊开放在膝盖上,扬起了脸。细细看来,她脸上的某一部分像是哥特式的雕塑一般。我在这个女子前面坐下，却仍旧对整个监狱有种弱者的反感。

最后当我被叫到号时，已近六点。这次我被一个目光锐利、显得机警敏锐的看守领进探视室。虽名为探视室，其实房间至多不过两三尺见方。除我走进来的门外，还排列有几扇上了漆的门，就像公共厕所一样。探视室正面隔着狭窄的走廊，有一个半月形窗户。这是为了让探视对象从这扇窗户的对面露出脸来。

姐夫从这扇窗的对面——缺乏光亮的玻璃窗对面，露出圆圆肥胖的脸。他竟然没有什么变化，这让我吃下了一颗定心丸。我们不掺杂感伤主义，简明扼要地谈了要紧的事。然而，就在我右边，一个十六七岁的女孩子似是来看望哥哥，一个劲儿地哭。当我和姐夫交谈时，还时不时注意到右边的哭声。

"此番我完全是冤枉的，请你务必转告大家。"

我的姐夫一字一顿、斩钉截铁地如此说道。我注视着姐夫，无言以对。然而这无言以对却让我自己觉得难以喘息。事实上，在我左边，一位斑秃老者也对着半月形窗户，和看起来像是他儿子的男人说道：

"没见到你的时候，我独自一人想起了许许多多的事。可是一见面，就全都忘了。"

我走出探视室之时，总觉得对姐夫有几分抱歉。但是同时，我也感到了作为亲属的连带责任。我再次在看守的引导下，穿过冰冷刺骨的监狱走廊大步走向玄关处。

在位于山手的姐夫家里，与我有血缘关系的姐姐[①]应该正在独自一人等待着我。我穿过熙熙攘攘的街道，终于抵达四谷见附车站，搭乘上满员的电车。"没见到你的时候，我独自一人"，无精打采的老人的话语仍莫名萦绕在我耳边。在我看来，这句话比那个女孩子的哭声更显人情冷暖。我抓着车上的吊环，眺望着夕阳中点着电灯的麹町的家家户户，如梦初醒一般，这才不由得想起"人千差万别"这句话。

约莫三十分钟后，我站在姐夫家门口，手指按上水泥墙上的门铃。隐约传来的铃声点亮了玄关玻璃门里的电灯。紧接着，一位上了年纪的女佣将玻璃门打开了一条细缝看了看后，说了句"哎呀"，立即领着我走到二楼朝向街道的房间。我将长外套和帽子扔到桌上之时，一下子感受到已经忘记的疲劳。女佣点燃瓦斯暖炉后便

---

① 原文直译为表姐。此处应该为芥川的二姐，久子。

离开了，将我一个人留在房间里。多少有些收集癖的姐夫在这个房间的墙壁上也挂了两三幅油画和水彩画。我神思恍惚地对比着这些画，这才想起"世事无常"这句老话。

而后姐姐和姐夫的弟弟一前一后走进房间。姐姐似乎比我预想的要平静得多。我尽可能准确地向他们转达了姐夫的口信，并开始讨论今后该如何打算。姐姐似乎并没有十分积极地急于做些什么。不仅如此，说话间她还拿起帕帕克帽，对我如此说道：

"真是一顶奇怪的帽子。这不是日本制造吧？"

"这个？这是俄国人戴的帽子。"

然而，姐夫的弟弟作为一个在姐夫之上的"精明人"，预判了不胜枚举的阻碍。

"不管怎么说，最近哥哥的朋友们让《××报》社会部的记者拿来了名片。名片上写着，'我已经付了一半的封口费，请把剩下的钱交给我。'我调查了一番，发现吩咐那个新闻记者的正是哥哥的朋友本人。当然，他没有给那一半的钱，只是让记者来拿剩下的钱。但是新闻记者是否靠得住也有待商榷……"

"我也算是新闻记者。所以那些不堪入耳的话就省了吧。"

为抬高自己，我不得不开起玩笑。然而，姐夫的弟弟带着醉意的眼睛充着血，像演讲一般继续说着。实际上，这的确是连漫不经心的玩笑都开不得的气势。

"另外，还有家伙为了要惹预审法官生气，故意去找法官为我哥哥辩护。"

"若你能帮忙说道说道的话……"

"不，我当然说了。我低头拜托道，非常感谢您的真情厚意，但是如果惹怒法官的话，反而会适得其反，辜负了您的一片好意。"

姐姐坐在瓦斯暖炉前，把玩着帕帕克帽。坦白说，我一边和姐夫的弟弟说话，一边却只在意这个帽子。我时时在想，要是帽子掉进火堆里就麻烦了。这顶帽子是我在柏林的犹太人街遍寻不到之后，偶然前往莫斯科之时，好不容易才买到的。

"这么说也行不通吗？"

"岂止是行不通。人家回了一句，我为你们鞠躬尽瘁，你怎可说如此失礼的话。"

"原来如此，那便无能为力了。"

"无能为力。因为这不仅不会成为法律问题，亦不会成为道德问题。总之表面看来,他们为朋友们尽心尽力。但是实际上却在给朋友挖坑——我是相当激进之人,但是遇到那伙人也是束手无策。"

如此谈话之间,我们突然被"T君万岁"的声音吓了一跳。我一手掀起窗帘,透过窗户朝下看向街道。狭窄的街道上人满为患。不仅如此,街道上还有几个写着"××町青年团"字样的灯笼在移动。我们和姐姐面面相觑,突然想起姐夫有个"××青年团团长"的头衔。

"要出去道个谢吧。"

姐姐终于露出"受不了"的表情,眼睛反复打量着我俩。

"怎么回事,我去看看就回。"

姐夫的弟弟举重若轻且麻利地离开了房间。我一边羡慕他的奋斗主义,一边躲开姐姐的脸,眺望墙上的画。但是沉默不语对我而言甚是煎熬。只是若说了什么使两人都愁绪万千的话,则会让我更为煎熬。我沉默着点了一根烟,发现墙上的一幅画里——姐夫的肖像画里的远近法有些错误。

"我们这可不是什么万岁的时候。虽然他们说这样的话也是没办法……"

姐姐终于开口跟我说话，只是那声音满是虚情假意。

"街上的人还不知道吗？"

"有可能……但是到底怎么回事？"

"什么？"

"T的事情。孩子他爸的事。"

"易地而处，我确信T君有很多隐情。"

"是吗？"

不知不觉间，我有些焦躁不安，背对着姐姐，走到了窗前。窗下的人群依旧在高喊万岁，甚至连续重复了三遍"万岁，万岁"。姐夫的弟弟走到大门前，向手里分别举着灯笼的一大群人行了礼。在他左右两边的是姐夫的两个年幼的女儿。两个女孩就那样被他牵着手，时不时惺惺作态地稍稍低下那梳着左右两条小辫的脑袋……

数年后的一个严寒之夜，我坐在姐夫家的客厅，嘴里叼着近来开始抽的薄荷烟烟斗，和姐姐面对面聊天。过了头七，家里安静得让人心惊胆战。在姐夫的白木牌位前，亮着一盏灯。摆着牌位的桌子前，两个女儿披着睡衣。我看着姐姐那张明显衰老的脸，突然想起那时折腾了我一天的事。但是从我嘴里蹦出来的话却乏善可陈。

"抽着薄荷烟,好像更觉得寒气彻骨。"

"是吗?我也是手脚冰凉。"

姐姐兴味索然地整理着长火盆里的炭……

1927年6月4日

书　信

　　我现在下榻于温泉旅馆，并非有避暑之意。不过，确有想在此读读写写、悠然度日之意。旅游介绍广告说，此处于神经衰弱之症有益。估摸是这个缘故，此处也有两个疯癫之人。其一为二十七八的女子。此女子沉默寡言，只是一个劲儿拉手风琴。不过，此人衣着打扮十分得体，似是大户人家的夫人。不仅如此，我与她打过两三次照面，总觉得她有几分像混血儿，长着一张轮廓鲜明的脸。另一个疯癫之人是前额又红又秃的四十来岁的男子。那男子左手腕上有松树叶刺青，看来在疯癫之前或许经营过什么豪横买卖吧。自然，我经常与该男子在澡堂相遇。一次，K君（在此住宿的大学生）指着该男子的刺青，突然说道："你的妻子叫阿松吧？"闻言，该男子浸在热水里，好似孩子一般红了脸……

K君是个小我十岁的年轻人。此外，他还与同住这家旅馆的M子母女过从甚密。用从前的话来说，M子可说是长了一张俊美少年脸。我听闻M子上女校时在梳起辫子的头上缠起白布带练习薙刀①之事，心下觉得她肯定像牛若丸②或是其他什么人。不仅如此，这M子母女亦与S君有所往来。S君是K君之友。只是与K君不同的是——一直以来我看小说，深谙小说为区别两位男性，将一人写作肥胖男子，则将另一人写成瘦削男子，觉得颇为滑稽。此外，将一人写作豪放男子，则会将另一人写成纤弱男子，这也着实令人忍俊不禁。实际上K君也罢，S君也罢，二人皆非肥胖之人。不仅如此，二人生来皆神经脆弱、易

---

① 薙刀，日本长柄武器的一种。
② 牛若丸，其名为源义经，日本平安时代的武将，幼时名唤牛若丸。

受伤。只是K君却不似S君一般轻易将弱点示人。实际上他好似打算进行不将弱点示人的修行。

我有所交往的也仅限K君、S君、M子母女。虽说有所交往，也不过是一起散散步、聊聊天。因为此处除温泉旅馆（温泉旅馆也仅有两家）外，一间咖啡店也没有。而我却丝毫未觉这样的清静有何不好。但是K君与S君却时常感觉到"我等对都市之怀念"云云。M子母女自然亦如是。然而M子母女的情况则更为复杂。M子母女皆为贵族主义者，所以决计不会满足于此种山中生活。然而她们在此种不满中又感到某种满足。至少林林总总，她们前后满足了一个来月。

我的房间位于二楼一角。我面向此房间角落的书桌，只有上午能专心学习。午后铁皮屋顶暴晒于日头下，而在那种烈日炙烤之下，便无论如何也看不进去书。若说此时做些什么，也不过是请K君与S君来这一起打打扑克，下下日本将棋打发时间；或是枕着组合式的木枕（当地名产）睡睡午觉。这是五六日前的午后之事。我如往常一般枕着木枕，正在看厚厚的加工和纸封面的《大久保武藏镫》。此时，我房间的推拉门被打开，突然露出脸来的便是住楼下的M子。我感到有些狼狈，傻乎乎地起身，端正坐好。

"哎呀，大家都不在吗？"

"嗯。今日都不在……那个，快请进。"

M子就这般打开着推拉门，站在檐廊上。

"这房间实在是热呢。"

逆光站着的M子的耳朵红而透亮。我因一种近似义务的使命感，站到M子身旁。

"你的房间很是凉爽吧？"

"嗯嗯……只是总有手风琴的声音。"

"啊，是那个疯子房间的对面呐。"

我俩如此闲话着，在檐廊上站了一会儿。正当西晒的铁皮屋顶似波浪一般熠熠生辉。正在这个当口，庭院中长出新叶的樱花树树枝上掉下一只毛毛虫。毛毛虫在薄薄的铁皮屋顶上发出了微弱的声响，只见它扭动了两三次身体后，顷刻力竭而死。那实在是毫无悬念之死，亦实在是于世人不痛不痒之死……

"好像掉进油锅一样。"

"我实在讨厌毛毛虫。"

"我甚至敢用手捉起来。"

"S君也说过类似的话。"

M子认真地看了看我的脸。

"S君也敢呢。"

于M子而言,我的回答实在听不出热情。(事实上,与其说对M子,倒不如说我对M子这样的少女心境颇有兴趣。)M子有几分赌气似的离开了栏杆。

"那么再见。"

M子离开后,我又枕着木枕,继续看《大久保武藏镫》。然而一边眼睛盯着铅字,一边时不时想起那只毛毛虫……

我一般都是晚饭前出去散步。此时,M子母女、K君和S君也都一起出门。此外,散步之地也不过是这个村落前后两三百米的松林。这大概是看见毛毛虫之后或之前的事。我们一行人依旧是一边谈笑风生一边在松林中步行。我们一行人?——当然只有M子的母亲是例外。这位夫人看起来比实际年纪至少要大上十来岁。我对于M子一家一无所知。然而不知何时看过的新闻报道说,这位夫人应该并非是M子和M子兄长的生母。M子的兄长因某地的入学考试失利,用父亲的手枪自杀了。若我的记忆靠谱的话,报道都说,兄长自杀与这位继母的到来脱不了干系。如此说来,这位夫人看起来如此苍老或许正是这个缘故吧。每当我看见这个未过五十却已白发的夫人时，总是不由得想起这桩事。不过，我等四人仍旧一直聊个没停。这时，M子好似看见了什么，说了句"啊，讨厌！"一把抓住了K君的胳膊。

"什么？我还以为蛇出来了。"

实际上什么也没有。不过是干燥的山沙上有几只小蚂蚁拖行着濒死的赤蜂。赤蜂仰面朝天，时而扑扇着几乎撕裂的翅膀，驱逐蚁群。然而蚁群刚被驱散，马上又缠住赤蜂的翅膀和腿。我们驻足在那里，注视了一会儿赤蜂的挣扎。实际上M子也不似方才，露出一副颇有些奇怪的认真神情，依旧站在K君身旁。

"时不时伸出蜂针来呢。"

"蜂针像钩子一样弯曲呢。"

见大家都沉默，我便与M子说了这话：

"就这样吧，走吧。我讨厌看这样的东西。"

M子的母亲最先迈开了脚步。我们自然也跟着走了。松林中只留出了一条路，其余之处静悄悄长满了高大草木。我们的话音在松林中的回音格外响亮。尤其是K君的笑声——K君在与S君、M子说自己妹妹的事。乡下的妹妹好像刚从女子学校毕业。然而，妹妹说无论如何成为自己丈夫的人必定得是不抽烟不喝酒、品行端正的绅士。

"如此说来，我等皆无资格喽？"

S君对我如此说道。然而在我眼里，他却是一副不好意思、很无辜的表情。

"不抽烟不喝酒……那是在讽刺我这个兄长。"

K君突然补充了这么一句。我敷衍地附和着，却渐渐觉得此次散步颇有些吃力。于是，当M子突然说出"回去吧"时，我放下心，松了口气。M子依旧一脸天真烂漫，不等我们说话便往回走。然而在返回温泉旅馆的途中，M子只一个劲儿与她母亲说话。我等一行人自然跟来时一样穿过松林，踏上返程。只是已不见方才的赤蜂的踪影。

大概半个月后，或许因为天气阴沉，我毫无干劲儿。因此我下楼走到有池塘的庭院中，看见M子的母亲独自坐在弓形椅子上，正在看东京的报纸。M子今日当是与K君、S君去爬温泉旅馆后面的Y山去了。这位夫人一见到我，便摘下老花镜打招呼。

"把这椅子让给您吧。"

"不必，不必，这里便足够了。"

我便落座于正好放在那里的老旧的藤椅上。

"昨夜您未得好眠吧？"

"不……出了什么事儿吗？"

"那位疯癫的男子突然跑进了走廊。"

"居然发生了那种事。"

"正是,听闻是因为在报纸上看见哪家银行发生了挤兑事件才那样的。"

我开始想象那位刺有松树叶刺青的疯癫之人的一生。即便被笑话也没办法,旋即我想起了弟弟所持股票之事。

"S君他们也颇有些不满……"

M子的母亲不知不觉委婉地向我打听起S君的事。然而我的回答总是会附加"大概""我觉得"之类的话。(一直以来,我总觉得看一个人只能看这人本人。自然对于家族、财产、社会地位等等兴趣乏乏。此外,最差劲的是看一个人本人,却总在那人身上找出与自己的相似之处,擅自决定好恶。)不仅如此,我觉得这位夫人的想法——打听S君身家这一想法颇为可笑。

"S君是个神经质的人吧?"

"额,是有些神经质吧。"

"没有沾染一点世俗呢。"

"怎么说也是少爷……不过,我觉着世俗之事大抵他也都知晓。"

说着这话,我突然发现水池边有一只汉氏泽蟹正在爬行。且那只汉氏泽蟹正一点一点拖着另一只壳快碎了一半的汉氏泽蟹。我忽然想起曾经看过的克鲁泡特金[①]的《互助论》里螃蟹的故事。据克鲁泡特金说,螃蟹总是会扶持受伤的伙伴。然而某位动物学者根据观察实例解释说,这是为了吃掉受伤的同伴才有那种举动。我一面看看两只汉氏泽蟹渐渐消失在石菖蒲的阴影之下,一面与M子的母亲聊天。可不知不觉,我已经对我二人的谈话意兴阑珊。

"大家傍晚才回来吧?"

我如此说道并起身。与此同时,我读出M子母亲脸上的某种表情。那是一种伴随着少许惊讶,一闪而过的某种本能的憎恶的表情。但是这位夫人马上镇静地回答道:

"是的,M子也是这样说的。"

我一回到自己的房间,便倚着檐廊的栏杆,眺望着隆起于松林之上的Y山山顶。山顶上的岩石堆沐浴着稀薄的日光。我看着这般景致,蓦地对我等人类心生怜悯之意……

[①] 克鲁泡特金,一般指彼得·阿列克谢耶维奇·克鲁泡特金(Pyotr Alexeyevich Kropotkin, 1842—1921),俄国革命家、政治思想家、理论家、生物学者。

M子母女和S君一起于两三日前返回了东京。K君要在此温泉旅馆等候妹妹前来会合（比我的归期要晚一周左右），正在准备回程的东西。只剩我与K君二人独处时，我稍感自在。我自然想宽慰K君，却又恐惧要回应K君。然而无论如何，与K君一起则可以过得相对轻松。事实上，昨夜，我二人一起泡澡，还谈论了一个小时的塞扎尔·弗兰克。

现下，我在自己的房间写这封信给你。这里已然入秋。今早醒来，发现房间的纸推拉门上倒映着小小的Y山和松林。那自然是门上空隙透过来的光的缘故。我趴着点起一根烟，在这澄澈的小小初秋景致中感受到鲜有的宁静……

那么，就此搁笔。东京的晨昏大约已经好过多了吧。请务必替我向孩子们问好。

1927年9月7日

三　扇　窗

一、老鼠

　　一等战斗舰××驶入横须贺[①]军港时刚入六月。因为下雨，环绕在军港周围的群山都笼罩在朦胧雾气之中。

---

① 横须贺，神奈川县东南部城市。

按照惯例，军舰停泊后，舰上就会滋生鼠患，××舰亦如是。连绵阴雨中，舰旗低垂的重达两万吨的××舰甲板下面，老鼠不知何时居然开始染指手提箱和衣袋。

战舰停泊后未过三日，为了抓住老鼠，副舰长下达命令，无论是谁，只要捉到一只老鼠，就允许上岸一天。不用说，自这个命令下达那刻起，水兵和轮机兵便争先恐后地积极捕鼠。在众人的努力下，眼见着老鼠的数量越来越少，导致他们为抓一只老鼠不得不去互相争抢。

"近来大家拿来的老鼠几乎都被撕得七零八落。这是大家挤在一起互相争抢扯开的缘故。"

聚集在士官室的军官们就着这些事谈笑风生，少年模样的A中尉也是其中之一。好似在梅雨季天空下无忧无虑长大的A中尉确实是不谙世事。不过，他却十分明了水兵和轮机兵想要上岸的心情。A中尉一边"吞云吐雾"，一边加入他们的谈话之时，总是如此附和道：

"的确如此啊，就连我也有可能被撕成八块。"

这种话只会出自孑然一身的A中尉口中。他的朋友Y中尉一年前成了家,因而总是对水兵和轮机兵冷嘲热讽。这也的确符合Y中尉平日不轻易示弱的脾性。留着褐色短胡子的Y中尉，因饮一杯酒而醉意朦胧之时，胳膊支

在桌子上托着腮,时不时对 A 中尉如此说道:

"如何,我们也去捕鼠吧?"

一个雨过天晴的早晨,曾是甲板士官的 A 中尉批准了一个名叫 S 的水兵上岸。因为这个水兵捉到一只小老鼠,且是一只四肢健全的小老鼠。远比别人强壮的 S 沐浴着难得的阳光,沿着狭窄的舷梯走了下去。这时,S 的伙伴——一个水兵轻快地爬上舷梯,与 S 擦肩而过之时,开玩笑似的和他打招呼。

"喂,是进口的吗?"

"嗯,是进口的。"

他们的问答毫无疑问传到了 A 中尉的耳朵里。他把 S 叫回来,让他站在甲板上,询问他们那一问一答的弦外之音。

"进口是何意?"

S 站直身子,虽然看着 A 中尉的脸,却显然很是灰心丧气。

"进口是从外面带进来的意思。"

"为何要从外面带进来?"

A 中尉当然知道为何要从外面带进来。但是,见 S 没有回答,A 中尉一下子火冒三丈,用力甩了 S 一耳光。S

稍微有点踉跄，但马上又挺直了身子。

"是谁从外面带进来的？"

S不发一语。A中尉紧紧地盯着S，脑子里浮现出再赏他一耳光的情景。

"是谁？"

"是我妻子。"

"来见你的时候带进来的吗？"

"是的。"

A中尉在心中憋不住想笑。

"放在什么里面带进来的？"

"装在点心盒里带进来的。"

"你家在何处？"

"在平坂下[①]。"

"父母身体可好？"

"不，我和妻子两人生活。"

"没有孩子吗？"

"是。"

S在这一问一答中仍旧一副惶恐不安的模样。A中尉任凭他站在那里，自己的目光则稍稍移向了横须贺的街

---

① 平坂下，横须贺市内地名。

道。横须贺的街道在群山之中杂乱无章堆叠着一个个屋顶。即便沐浴着阳光，那景致却仍旧一副寒酸破败之相。

"我不批准你上岸。"

"是。"

S看到A中尉一声不响，似乎在踌躇该如何是好。其实，A中尉是在暗自思忖下一个命令的措辞。他在甲板上踱起了步子，好一阵沉默不语。"这家伙害怕受罚。"——与所有的上级一般无二，意识到这一点令A中尉十分愉悦。

"罢了，你去罢。"

A中尉终于开口。S举手行礼后，转身准备朝舱门走去。A中尉竭力忍住微笑，在S走出五六步后，突然又叫了一声："喂，等一下。"

"是。"

S立即转过身。但是，不安情绪似乎再次遍及了他全身。

"我有件事要吩咐你。平坂下有卖咸味薄脆饼干的店吗？"

"有。"

"你给我买一袋那个饼干来。"

"现在吗？"

"对，现在。"

S晒黑的脸颊上淌下了泪水。这情状，都被A中尉看在眼里。

两三日后，A中尉在军官住舱的桌子前看一封女人署名的信。桃色信笺上排列着并不娟秀的钢笔字。A中尉看了一遍后，点着一支烟，将这封信交与正好站在自己面前的Y中尉。

"这是什么……'昨日之事并非我丈夫之过。皆源自余之浅薄无知之心，所以请您宽恕……此外，承蒙您宽宥，大恩永生不忘'……"

Y中尉拿着信，渐渐露出鄙夷的神色，然后冷漠地看向A中尉的脸，嘲讽一般开口道：

"你是觉得自己积了善因吧？"

"嗯，多少有吧。"

A中尉云淡风轻地听着，并未放在心上。他望向圆窗外，看到的只有雨势甚猛的海面。过了一会儿，他突然带着几分羞赧地对Y中尉说道：

"不过，我莫名感到寂寞难耐。明明扇那家伙耳光之时，我压根儿没觉得他可怜什么的……"

Y中尉露出既非怀疑也非迟疑的表情，实在难辨。而后他不发一言，开始看起桌上的报纸。军官住舱里，除他们两人外别无旁人。桌上的杯子里插着好几根芹菜。A中尉望着这水灵灵的芹菜叶，一个劲儿抽着烟。他不可思议地对如此冷漠的Y中尉生出了一种亲切感……

二、三人

一等战斗舰××在一场海战结束后，率领五艘军舰静静地驶向镇海湾[①]。不知不觉间，夜色已笼罩海上。左舷的水平线上方，一轮微微发红、形似镰刀的月亮悬在空中。两万吨重的××舰中自然还未平静下来，然而这是在凯旋之后，所以气氛确实活跃。只有小心谨慎的K中尉一副疲惫不堪的神情，在舰上四处徘徊想寻点什么活儿来做。

海战开始前夜，K中尉在甲板走动时，发现了方形提灯散发出的微弱光亮，便蹑手蹑脚地走了过去。只见一

---

① 镇海湾，朝鲜半岛南部的海湾。

个年轻的军乐队乐手为避开敌人视线，独自趴在甲板上，借助提灯的灯光读着《圣经》。K中尉有些动容，柔声细语地跟这位乐手搭话。乐手似乎有些吃惊，但是当他发现上司没有呵斥他时，立即露出女人一般羞赧的微笑，怯生生地回答……然而，那个年轻乐手现如今也因中了炮弹而死于主桅杆下。K中尉见到他的尸体时，蓦地想起名为《死亡使人宁静》的文章。如果K中尉自己也在炮弹袭击下瞬间丧命的话——于他而言，这比任何一种死亡都幸福。

但是，发生于这场海战开始前的事在多愁善感的K中尉心中依然历历在目。做好战斗准备的一等战斗舰××依旧带领五艘军舰，在波涛汹涌的海面上前进。但是右舷的一门大炮不知何故盖子没有打开。而水平线上已隐约飘散有几缕敌军舰队扬起的烟雾。一名水兵发现这一疏漏，跨上炮身，立即灵敏轻巧地爬到炮口，试图用双脚蹬开炮盖。但是打开盖子似乎并不容易。水兵悬空于海面，双脚不停用力蹬。然而时而也会抬起头，微笑着露出洁白的牙齿。此时，××舰突然向右转了个大弯。与此同时，滔天巨浪砸向整个右舷。自然，那浪头足以顷刻将骑在大炮上的水兵卷走。落入海里的水兵拼命举起一只手,大声呼喊。救生圈伴随水兵们的骂声被抛到海上。敌人舰队当前,××舰自然不可能放下救生艇。水兵虽然紧紧抓住救生圈,身影却越漂越远。他的命运早已注定,早晚会溺死。祸不单行,这片海域里也有不少鲨鱼……

面对年轻乐手的战死,K中尉的心里不得不与海战前发生之事的记忆作对比。他虽然进入海军学校,却曾幻想成为一名自然主义[①]作家。不仅如此,从海军学校毕业后,他依旧喜欢读莫泊桑[②]的小说。对这样的K中尉来说,人生总是显现出其黯淡无光的一面。乘上××舰后,他想起埃及石棺上写着的"人生——战斗"这句话,进一步想到,××舰的军官和下士自不必说,就连××舰本身也如那句话一般将埃及人的格言与钢铁炼成了一体。因此,在乐手的尸体面前,他不禁感到一种所有战斗业已结束的宁静。但是如那个水兵一般,无论如何都试图活下去的苦苦挣扎让K中尉难以承受。

K中尉一边擦拭着额头上的汗,一边从后甲板的舱口

[①] 自然主义,19世纪下半叶以法国为中心兴起的文艺思潮,主要倡导客观描写事物。日本的自然主义代表作家有岛崎藤村、田山花袋等。
[②] 莫泊桑,一般指居伊·德·莫泊桑(1850—1893),法国批判现实主义作家。

爬了上去，只是为了吹一吹风。只见十二寸大小的炮塔前，一个胡子刮得干干净净的甲板士官两手背在身后，无所事事地在甲板上踱步。前面还有一个颧骨很高的下士，半低着头，背对炮塔站得笔直。K中尉有些五味杂陈，急匆匆地走到甲板士官旁边。

"发生了何事？"

"没什么大事，他在副长检查前进了厕所。"

当然，这在军舰上并不稀奇。K中尉坐在那里，眺望着卸下支架的左舷外的大海和镰刀状的红色月亮。四周除却甲板士官的脚步声，听不到任何声音。K中尉多少放松了下来，终于回想起今日海战中的心境。

"我再次请求您。即便取消奖赏我也心甘情愿。"

下士突然抬起头，对甲板士官这般说道。K中尉不由自主地抬头看向他，昏暗中，从他脸上读出一种郑重其事的表情。不过，心情不错的甲板士官依然背着双手，静静地继续走在甲板上。

"别胡说。"

"可是，若是站在这里，则无颜见我的部下。即便不能晋升，我也认了。"

"影响晋升可是件大事。与其那般，倒不如在这站着。"

甲板士官话音刚落,马上又气定神闲地在甲板上走了起来。理智上,K中尉与甲板士官意见统一。不仅如此,K中尉觉得这位下士如此看重名誉是多愁善感的表现。然而,一直低着头的下士让K中尉莫名地忐忑不安。

"站在这里是奇耻大辱。"

下士继续低声恳求。

"那是你自作自受。"

"我甘愿接受处罚。但是让我站在这里……"

"单是从耻辱这一角度来看,哪种惩罚不都一样吗?"

"但是,在部下面前威严扫地,于我而言十分痛苦!"

甲板士官什么都没回答。下士——下士似乎也放弃了,用力强调了句尾后便一言不发地伫立着。K中尉渐渐心神不宁起来(但他亦不想被这位下士的多愁善感所欺骗),他想为下士说几句话。然而这"说几句话"一出口就变成了空洞无物的废话。

"真安静啊。"

"嗯。"

甲板士官说完,摸着下巴迈开步子。海战前夜,甲板士官对 K 中尉说起："以前，木村重成[①]……"说着，摸起刮得很干净的下巴……

这位下士受罚结束后便不知所终。但是因为有人当值，跳海自杀绝不可能。不仅如此，不到半日就查明连极易自杀的煤库里也没有他的身影。但他的失踪确实昭示着他的死亡：他分别给母亲和弟弟留下了遗书。众人都能看出来，惩罚他的甲板士官坐立不安。K 中尉是心思细腻之人，所以格外同情甲板士官，硬是将自己没喝的啤酒给他喝。但是同时又担心他会喝醉。

"不管怎么说，那家伙过于意气用事。实在犯不着去寻死啊！"

甲板士官从椅子上滑落下来，反复抱怨这几句。

"我只是让他罚站，何必去寻死……"

××舰停泊在镇海湾后，轮机兵在打扫烟囱时偶然发现了这位下士。下士是在烟囱里的一条铁链上自缢身亡的。他的水兵服就不用说了，连皮肉都被烧尽，剩下的唯有骸骨。这件事终是传到在军官住舱的 K 中尉耳朵里。K 中尉回想起这位下士站在炮塔前的模样，又觉得像

[①] 木村重成（？—1615），日本安土桃山时代至江户时代初期的武将，丰臣家的家臣。

是镰刀似的红色月亮悬挂在某处。

此三人之死永远在 K 中尉心里投下了阴影。不知不觉中，他甚至从他们身上感受到了人生的全部。斗转星移，这个厌世主义者成为了一名海军少将，就连在军队内部也是有口皆碑。当有人请他挥毫题字时，他也甚少动笔。然而在不得已的情况下，他必定会在画册上写下以下文字：

君看双眼色

不语似无愁①

三、一等战斗舰 ××

一等战斗舰 ×× 进入横须贺军港的船坞。修缮工程进展得并不顺利。两万吨的 ×× 舰的高耸的两舷内外聚集着无数工人，数度让一等战斗舰 ×× 感到前所未有的焦躁。不过，一想到自己漂在海里就会被海蛎缠住，必

---

① 《禅林句集》中的诗句之一。

定会觉得奇痒难耐。

××舰的朋友△△舰也停泊在横须贺军港。一万两千吨重的△△舰是一艘比××舰年轻的军舰。它们在广阔的海洋上航行时，会不时进行无声的交谈。不仅是××舰的年龄，△△舰对因为造船技师的疏失导致××舰的船舵时常不听使唤一事也深表同情。但是为了安慰××舰，△△舰从未提起这一事。不仅如此，△△舰为表对参加过几次海战的××舰的尊敬，总是使用敬语。

一个阴沉沉的午后，△△舰因为弹药库起火，猛地发出可怕的爆炸声，舰身一半没入了海里。××舰自然大惊失色（当然，大多数工人定是从物理层面解释了××舰的震动）。尚未参加过海战的△△舰突然变得残缺不堪——实际上，这让××舰几乎无法相信。它努力掩饰惊讶，远远地鼓励着△△舰。但是△△舰仍旧倾斜着，只是不住地在升腾起的火焰和烟雾中发出呻吟。

三四日后，两万吨重的××舰的两舷因失去了水压，甲板渐渐干裂。见此情形，工人们赶忙加快修缮工程的进度。但是，××舰不知何时已经自我放弃。△△舰年纪尚小，却沉入了面前的大海。联想△△舰的命运，至少自己的一生饱尝了欢乐和痛苦。××舰忆起许久以前的某次海战，那是一场连舰旗都撕得粉碎，连桅杆都折断的苦战……

两万吨的××舰在干燥得发白的船坞中高高抬起舰首。好几艘巡洋舰和驱逐舰在它前面进进出出。此外，还可见崭新的潜水艇和水上飞机。然而，这些却只能让××舰感到无奈。××舰环视着阴晴不定的横须贺军港，一动不动地等待着它的命运。其间，它对甲板不由自主地往上翘起，多少有些忐忑……

1927年6月10日

暗中问答

一

某声音：你是一个想法与我迥然不同的人。

我：这并非鄙人之责任。

某声音：然而你自己也在加深此种误会。

我：鄙人从未加深过。

某声音：但是你爱风流，或者，你装模作样爱过（风流）。

我：鄙人确实爱风流。

某声音：那你到底爱好何物？风流？抑或一女子？

我：鄙人两者皆爱。

某声音（冷笑）：看来，你并不觉得这自相矛盾。

我：谁会觉得自相矛盾呢？爱好女人之人可能不爱古陶瓷茶具。可那是因为他不具备爱好古陶瓷茶具的感受力。

某声音：风流之人必得二者选一。

我：事与愿违，鄙人生来就比风流之人更为欲壑难填。不过将来某一天，比起女人，鄙人或许会选择古陶瓷茶具。

某声音：如此，便是你并不彻底。

我：若说这也算不够彻底，那大概只有患上流行性感冒后仍旧用冷水擦身的人最为彻底喽？

某声音：别逞强了！其实你是外强中干。你之所以这么说，不过是为了反驳加诸你身上的社会性谴责吧？

我：鄙人自然是如此打算。首先，你试想一下就知道，倘若不予回击，最后自己便会被压迫至死。

某声音：你真是厚颜无耻之徒。

我：鄙人丝毫也不厚颜无耻。因为哪怕遇上芝麻小事，鄙人之心也会如坠冰窟般寒气阵阵。

某声音：你觉得自己是强者吗？

我：鄙人自然是一强者，但是并非最为强大。若是最为强大之人，鄙人就会像歌德一般随遇而安地成为偶像。

某声音：歌德的爱情何等纯洁。

我：那是谎言，文艺史家的信口雌黄。歌德在他刚好年满三十五岁那年，突然出逃意大利。是的，只能称之为出逃。知晓这个秘密之人，除歌德自己，大概只有施泰因夫人[①]。

某声音：你的所言所语是在自我辩护。没有比自我辩护更为容易之事。

我：自我辩护可不容易。若是容易的话，律师此种职业也就不复存在。

某声音：巧舌如簧的无赖！无人会搭理你！

我：鄙人还有树木和流水，它们会使鄙人感动。此外，鄙人尚有三百余册古今中外之书籍。

某声音：但是你将永远失去你的读者。

---

① 施泰因夫人 [Charlotte Albertine Ernestine von Stein (Schardt), 1742—1827]，歌德挚友，与歌德灵魂相伴，对歌德一生产生极大影响。

我：鄙人将来会拥有读者。

某声音：将来的读者能给予你面包吗？

我：可是现在的读者也给不了多少。鄙人的最高稿费也不过一张稿纸十日元。

某声音：你不是拥有财产吗？

我：鄙人的财产不过本所的一块弹丸之地。鄙人每月收入最高也不超过三百日元。

某声音：可是你有房子，还有《近代日本文艺读本》[①]的……

我：于鄙人而言，那房梁太过沉重。至于《近代日本文艺读本》的版税，鄙人随时可以双手奉上。其实鄙人到手不过四五百日元。

某声音：可你是那读本的编者。仅这一点，你就应该感到羞愧不已。

我：你说鄙人为何要感到羞愧难当？

某声音：因为你已迈入了教育家行列。

[①] 芥川龙之介编写的面向中学生的辅助教材。据菊池宽回忆，当时芥川编修《近代日本文艺读本》付出了巨大心血。结果因为读本过于文艺，销量不佳，芥川没能获得与其付出相匹配的酬劳。后来却出现一种谣言，说芥川因读本获得了丰厚报酬，甚至建了书斋。这一谣言让芥川不堪其扰。芥川甚至说要将《近代日本文艺读本》今后的版税全部捐给文艺家协会。

我：那是谎言。反倒是教育家想加入我等之中。鄙人不过是拿回那份工作。

某声音：如此，你还称得上是夏目漱石先生的学生吗？

我：鄙人自然是夏目先生的学生。你或许知道世上有一个擅文墨的夏目先生。但是你无从了解不疯魔不成活的天才夏目先生吧？

某声音：你这个人无甚思想。即便偶有，也是充满矛盾的思想。

我：这便是鄙人进步的证据。鄙人以为，愚人永远以为太阳比盆小。

某声音：你的傲慢会毁了你自己。

我：鄙人常常会这般想——或许鄙人并不能寿终正寝。

某声音：你看起来并不怕死？不是吗？

我：鄙人怕死。但是，死并不困难。鄙人曾上吊过两三次。只要挨过二十秒左右的痛苦之后，鄙人甚至能体会到某种快感。鄙人若是遇上了什么比死更为不快之事，随时可以毅然决然地赴死。

某声音：那你为何不去死？任谁看来，你都是法律上的罪人。

我：这一点，鄙人也心知肚明。就如同魏尔伦那样，像瓦格纳那样，或者像伟大的斯特林堡那样。

某声音：可是你并没有赎罪。

我：非也，鄙人在赎罪。没有比承受痛苦更为上乘的赎罪。

某声音：你是无可救药的恶人。

我：倒不如说鄙人是个善良男子。若鄙人是恶人，便不会如此痛不欲生。不仅如此，鄙人势必还会利用恋爱去骗取女人的钱财。

某声音：那么你大抵是个愚人。

我：正是如此，鄙人也许是个愚人。那《疯人辩护词》[1]之类的书，便是与我相差无几的愚人所写。

某声音：你还是个不谙世事之人。

我：如果谙熟世故之人最为高级的话，那么实业家大概最为高等。

某声音：你对恋爱不屑一顾。然而如今看来，你竟是个恋爱至上主义者。

---

[1] 《疯人辩护词》，约翰·奥古斯特·斯特林堡作品。斯特林堡（Johan August Strindberg，1849—1912），瑞典戏剧家、小说家。

我：非也，直至今日鄙人也断然不是恋爱至上主义者。鄙人是诗人，是艺术家。

某声音：但是你为了恋爱抛弃了父母妻儿，不是吗？

我：信口胡言！鄙人只是为了自己而抛弃了父母妻儿。

某声音：如此说来，你是利己主义者。

我：实在不巧，鄙人并非利己主义者。不过鄙人想要成为利己主义者。

某声音：不幸的是，你深受现代利己主义崇拜的荼毒。

我：这恰好说明鄙人是现代人。

某声音：现代人还不如古人。

我：古人也曾经一度是现代人。

某声音：你不可怜你的妻儿？

我：谁人不可怜自己的妻儿？你去读读高更的信！

某声音：那你对于自己的所作所为永远抱持肯定态度吗？

我：要是一直抱持肯定态度的话，鄙人自然不会与你进行什么问答了。

某声音：如此说来，你终究还是不认可？

我：鄙人只是听天由命而已。

某声音：可是你的责任该当如何？

我：四分之一源自鄙人之遗传；四分之一源自鄙人之境遇；四分之一源自鄙人之偶然性。而鄙人之责任只占四分之一。

某声音：你这家伙何等卑鄙！

我：任谁都会像鄙人这般卑劣吧。

某声音：那么你是恶魔主义[①]者。

我：不巧得紧，鄙人并非恶魔主义者。鄙人对身处安全地带的恶魔主义者尤为嗤之以鼻。

某声音：（沉默少顷）总之你的确痛苦不堪，只有这一点我可以予以承认。

我：不，别胡乱给鄙人戴高帽。也许鄙人还对自己承受苦痛这一点洋洋得意。再者，"患得患失"也非强者所为。

某声音：你或许是个正直之人，却也可能是个跳梁小丑。

我：鄙人也认为自己必居二者之一。

某声音：你一直坚信自己是个现实主义者。

我：鄙人曾经就是这样一个理想主义者。

---

① 恶魔主义是19世纪末出现的文艺思想上的一种倾向。追求在丑恶、颓废、怪异、恐怖等等之中找寻美。

某声音：你可能会毁灭！

我：但是创造出鄙人之人大概会造出第二个鄙人吧。

某声音：那你就自讨苦吃吧。我要与你就此别过了。

我：且慢！请务必告诉鄙人。如此不断质问于我，却又不现形，你究竟是何方神圣？

某声音：我？我是在世界的破晓时刻与雅各①角力的天使。

二

某声音：你具有令人佩服的勇气。

我：非也，鄙人全无勇气。若鄙人有勇气的话，就不会跳进狮子口中，而是等着狮子来吃。

某声音：但是你的所作所为具有人类特色。

我：最具人类特色的同时也极具动物性特征。

某声音：你的所作所为并非坏事。你只是苦于现代

---

① 雅各，后被改名为以色列，以色列人始祖。《圣经·创世纪》中记载有雅各与天使搏斗的故事。高更也曾以此为主题创作画作《布道后的幻想》，又名《雅各与天使搏斗》。

的社会制度。

我：即便社会制度有所变化，鄙人之所作所为也必定会给一些人造成不幸。

某声音：然而你并没有自杀。无论如何，你是有力量之人。

我：鄙人曾屡次试图自杀。为能死得自然一些，鄙人曾每日吃十只苍蝇。将苍蝇扯碎之后吞下，此种吃法倒算不得什么。然而若要嚼碎苍蝇的话却实在恶心。

某声音：不过，相应地你会变得伟大。

我：鄙人并不追求什么伟大，只求平和。你读读瓦格纳的信，信上写道："只要有足够的钱，让我所爱的妻子及两三个孩子得以度日。即使创作不出什么伟大艺术，我也心满意足。"瓦格纳尚且如此，连那般顽固的瓦格纳尚且如此！

某声音：反正你确实备受折磨。你并非泯灭良心之人。

我：鄙人并没有什么良心，只有神经。

某声音：你的家庭生活并不幸福。

我：可是妻子一直对鄙人忠诚。

某声音：你的悲剧在于，你拥有比别人更为牢不可破的理智。

我：一派胡言！鄙人之喜剧在于相较他人，鄙人更为缺乏人情世故的智慧。

某声音：但是你诚实坦荡。在一切尚未露出蛛丝马迹之时，你就向你所爱女人的丈夫坦承了一切。

我：这也是谎言。鄙人一直隐瞒，直至不得不说之时才和盘托出。

某声音：你是诗人，是艺术家。于你，一切皆可被原谅。

我：鄙人是诗人，是艺术家，但鄙人又是社会的一分子。鄙人背负十字架并非不可思议之事。且即便背上十字架也实在罚得过轻。

某声音：你试着忘掉你的利己主义。尊重你自己的个性，去蔑视恶俗的民众吧！

我：即便你不说，鄙人也会尊重自己的个性。不过对民众，鄙人并不嗤之以鼻。鄙人曾说过"宁为玉碎，不为瓦全"。莎士比亚、歌德、近松门左卫门①都将消亡。然而孕育出他们的母体——伟大的民众，却永不泯灭。一切艺术，即使改换了形式，之后也会再生。

某声音：你的著作独一无二。

---

① 近松门左卫门（1653—1724），本名杉森信盛。江户时代歌舞伎、净琉璃剧作家。

我：非也，绝非独创。首先，究竟有何人具有独创性呢？即便是古今天才们的著作，其原型比比皆是。尤其鄙人常常偷用。

某声音：可你也在教导别人。

我：鄙人只是教授自己无法完成之事。若是鄙人可成之事，则大概在教导他人之前，自己便身先士卒了。

某声音：你要相信你自己是超人！

我：非也，鄙人并非超人，你我皆非超人。超人只有一个——查拉图斯特拉[1]。而且，就连尼采本人也不知这查拉图斯特拉迎接的是何种死亡。

某声音：难道连你都对社会畏之如虎？

我：谁人不惧怕社会？

某声音：你且看在监狱关了三年的王尔德[2]吧。他曾说"妄自自杀是败于社会之行为"。

我：王尔德在监狱之中曾屡次意图自杀。而他自杀未遂只是因为未找到自杀方法。

---

[1] 查拉图斯特拉，据传为拜火教的神祇。德国哲学家、思想家尼采（1844—1900）曾在《查拉图斯特拉如是说》这一哲学著作中假借查拉图斯特拉之口释出自己的思想。
[2] 王尔德，一般指奥斯卡·王尔德（Oscar Wilde, 1854—1900），英国作家。曾因不名誉事件被判入狱。

某声音：那你就去蹂躏善恶。

我：鄙人今后依旧想成为比现今更为良善之人。

某声音：你过于单纯。

我：非也，鄙人实是太过复杂。

某声音：不过你尽可放心。你的读者源源不断。

我：那要等著作权失效以后。

某声音：你在为爱所苦。

我：为爱？像文学青年式的恭维话，你还是适可而止吧。鄙人只是在情事上栽了跟头。

某声音：情事上，任谁都容易栽跟头。

我：这就好比任谁都容易沉溺于金钱之欲。

某声音：你被钉在人生的十字架上。

我：这并非鄙人引以为豪之事。因为谋杀情妇之人与诈骗犯也都被钉在人生的十字架上。

某声音：人生并非如此晦暗不堪。

我：除却"被选中的少数人"，谁都知道，人生黑暗。且这"被选中的少数人"，其实就是愚人和恶人的代名词。

某声音：那你尽情去痛苦吧。你可知道特地前来安慰你的我是何人？

我：你是狗。你是曾经变成狗进入浮士德房间的恶魔。

三

某声音：你在做什么？

我：鄙人只是在写东西。

某声音：你为何写东西？

我：只因不能不写。

某声音：那你写吧。写到死为止！

我：自然，首先除此以外并无他法。

某声音：你倒是出人意料地沉着。

我：非也，丝毫也不沉着。如果是了解鄙人之人，就能了解鄙人之苦痛。

某声音：你的微笑去往了何处？

我：回到天上的诸神身边去了。要对人生报以微笑，首先必须具备不偏不倚的性格，其次必须腰缠万贯，第三，还得生有一副比鄙人更为坚强的神经。

某声音：可是，你如释重负了吧。

我：是，鄙人确实变得轻松了。然而代价是赤裸的肩上不得不承受一辈子的重担。

某声音：你只能按照你的方式生活下去。或者说，按照你的方式……

我：正是。只能按照鄙人的方式去死。

某声音：你也许会变成一个与以往不同，全新的你。

我：鄙人永远都是鄙人自己！只不过表皮会改变，就像蛇会蜕皮一般。

某声音：万事万物，你都心如明镜。

我：不，鄙人并非一清二楚。鄙人所意识到的只是鄙人灵魂的一部分。鄙人尚未意识到的部分——鄙人灵魂中的非洲，广阔地铺陈开来，无边无际。鄙人对此胆战心惊。怪物不栖于阳光之下，然而在无边无际的黑暗之中，有什么仍在沉睡。

某声音：你也曾是我的孩子。

我：你是何人，和鄙人接吻的你究竟是何人？不，鄙人知道你是何人。

某声音：如此，你认为我是何人？

我：鄙人的平和被你夺走，鄙人的伊壁鸠鲁的快乐主义①被你破坏，鄙人的……不，不仅是鄙人一人。你使

---

① 伊壁鸠鲁的快乐主义（Epicureanism），伊壁鸠鲁认为真正的快乐是精神层面，与德密不可分。

人丧失了古代中国的圣人①所教授的中庸精神。成为你的牺牲品之人,俯拾皆是。不管在文学史上,还是在新闻报道上。

某声音:你将这称为何物?

我:鄙人——鄙人不知该如何称呼。但是,若借用他人之话来说,你是凌驾于我们之上的一种力量,你是控制我们的 Daimon(恶魔)。

某声音:你自求多福吧。我不会再来与任何人说话。

我:非也,鄙人预计自己将比任何人都警惕你的到来。凡你足迹所至之处,皆失去了平和。且你如同 X 光一般可以穿透一切。

某声音:那么,今后也请你不要大意。

我:当然,鄙人今后亦不会掉以轻心。只是执笔之时……

某声音:你的意思是,在你执笔之时我便来得,对吧?

我:谁要你来!鄙人只是一群小作家中的一人,且一直想成为一群小作家中的一人。为获得平和,除此之外,鄙人别无他法。只是执笔之时,鄙人也许会成为你的俘虏。

某声音:那你始终注意便是。首先,我或许会将你

---

① 中国的圣人,指孔子。

的言语一一实现。罢了,我要告辞了,也许何时会再来与你相会。

我(变成独自一人):芥川龙之介!芥川龙之介!将你的根踏踏实实地扎下去。你是随风摆动的芦苇。天有不测风云,谁人可知可料。你可得稳扎稳打。这是为了你自己,同时也是为了你的孩子们!不要自命不凡,也无需奴颜婢膝!从今往后你要重新开始!

1927 年遗稿

一个愚人的一生

久米正雄君：

此稿是否发表，何时发表、在何处发表，我想尽数委托于你。

你大约清楚此稿中的出场人物大多是谁。然而即便发表，我也想拜托你不要添加注释。

现如今，我生活于最为不幸的幸福之中。然

而不可思议的是，我并未后悔。只是觉得有恶夫、恶子、恶父如我，作为亲人的他们实在过于可怜。那么，在此拜别。至少我并未打算通过此稿有意识地替自己辩护。

最后，我将此稿托付于你，是因为我认为知我者莫若你。（若是剥下我的"都市人"这层皮）此稿中我的傻样权且供你一笑。

昭和二年（1927年）六月二十日[①]
芥川龙之介

[①] 芥川龙之介于同年（1927年）7月24日自杀身亡。

一、时代

一家书店①的二楼。二十岁的他登上靠在书架上的西式梯子，搜寻新书。莫泊桑、波德莱尔、斯特林堡、易卜生②、萧伯纳、托尔斯泰……

已近日暮时分，但他仍旧专心致志地阅读书脊上的文字。陈列在那书架上的与其说是书，不如说是世纪末③本身。尼采、魏尔伦、龚古尔兄弟④、陀思妥耶夫斯基、霍普特曼⑤、福楼拜⑥……

他与昏暗的光线斗争着，对这些名字如数家珍。但书却径自渐渐沉入忧郁的阴霾中。最后，他耐心耗尽，打算从西式梯子上下来。此时，他头顶上一盏没有灯罩的电灯突然啪的一声亮了起来。他伫立在梯子上，俯瞰

---

① 书店指位于东京都中央区日本桥的丸善书店。当时二楼为外国书籍。
② 易卜生，一般指亨利克·易卜生（Henrik Ibsen，1828—1906），挪威剧作家。
③ 指19世纪末欧洲弥漫着的一般怀疑、颓废、唯美的文艺思潮。
④ 龚古尔兄弟，兄：埃德蒙·德·龚古尔（Edmond de Goncourt，1822—1896）；弟：茹尔·德·龚古尔（Jules de Goncourt，1830—1870），两人皆为法国自然主义作家。
⑤ 霍普特曼，一般指盖哈特·霍普特曼（Gerhart Hauptmann，1862—1946），德国剧作家，曾获诺贝尔文学奖。
⑥ 福楼拜，一般指居斯塔夫·福楼拜（Gustave Flaubert，1821—1880），法国作家。

在书堆之间穿梭的店员和顾客。他们渺小如斯，且实在寒酸落魄。

"人生尚不及波德莱尔的一行诗。"

他站在梯子上注视了他们一阵子……

二、母亲[①]

疯子们都穿着一色儿的灰色和服。偌大的房间因此显得越发阴郁晦暗。他们中的一人坐在管风琴前面，一直热情洋溢地演奏着赞美诗。同时，他们中的另一人站在房间正中间，与其说是跳舞，莫不如说是蹦来蹦去。

他与一位面色红润的医生一起目睹着如此光景。十年前，他的母亲与他们并无二致。并无二致——实际上他在他们身上感受到母亲的气息。

"我们现在走吧？"

医生走在前面带路。他们穿过走廊进了一个房间。房间的角落里有一个装满酒精的大玻璃罐，里面浸泡着

---

① 指芥川富久，芥川龙之介生母。

数人的脑髓。他在其中一个脑髓上发现了一些白色物质，好似一丁点儿蛋清正巧滴在上面。他一边站着与医生谈话，一边再度想起他的母亲。

"这个脑髓的主人原是××电灯公司的工程师。他总以为自己是一个黑黑亮亮的大型发电机。"

他避开医生的目光，向玻璃窗外望去。窗外除一面插着玻璃空瓶碎片的砖墙外，别无他物。只是墙上薄薄的苔藓，斑驳着隐约有几分泛白。

三、家

他住在某处郊区的一栋房子二楼的房间里。那是因为楼房地基松动，奇妙地倾斜着的二楼。

他的姨母[①]时常与他在二楼争吵。尽管他的养父母进行调停的情况时有发生。但是，他从姨母那感受到的爱远胜其他人。姨母一辈子未嫁。在他二十岁之际，姨母已年近六十。

---

① 姨母，即芥川生母的姐姐，富纪。

在那郊区房子的二楼①，他屡屡思索：相爱之人是否要互相折磨？同时，他也总感受到二楼那令人毛骨悚然的倾斜。

四、东京

隅田川阴沉暗淡。他从正在行驶的小汽船窗口眺望向岛②的樱花。在他眼里，盛放的樱花树如同一排破布一般令人黯然神伤。但是，他从这樱花——江户时代以来的向岛樱花中不知不觉读出了自己。

五、自我

他与他的前辈③坐在一家咖啡馆的一张桌子旁，不停地抽烟。他不怎么言语，却很专心致志地倾听前辈的话。

---

① 指芥川生父新原敏三所持有的位于新宿的牧场的家。芥川一家于1910年搬家至此。
② 向岛，位于东京都墨田区。
③ 这里的前辈指的是谷崎润一郎。谷崎润一郎（1886—1965），日本小说家。

"今天坐了大半天的汽车。"

"有何要事吗？"

前辈用手拖着腮，极其漫不经心地回答说：

"不，只是想搭个车。"

这句话将他释放到一个他一无所知的世界，一个近乎诸神的"自我"世界。他感到些许痛苦，与此同时，又有几分欢喜。

这间咖啡厅非常窄小。但是，在镶嵌有牧神潘的镜框下，有一棵种在赭色花盆里的橡胶树，垂下它肉厚肥大的叶子。

六、病

不停吹拂的海风中，他翻开一本大大的英文词典，用指尖搜寻单词。

　Talaria　　带翅膀的鞋，或凉鞋。

　Tale　　　故事。

　Talipot　　产自东印度群岛的一种椰子树。树干高达五十至一百英尺，叶子可用于制伞、扇子、帽子等，每七十年开花一次……

他的想象力栩栩如生地描绘出了这种七十年开一次的椰子花。于是他感到喉咙里有一种前所未有的痒,便不由得对着字典吐了一口痰。痰?——但,那不是痰。他想到生命之譬如朝露,又想到那椰子花,在遥远的对面海岸高高耸立的椰子花。

七、画

突然间——完全突然。他站在一家书店前,翻看着一本凡·高[①]的画册,突然领悟到何谓绘画。当然,这只是一本印刷版的凡·高画册。然而即便是印刷版本,他也能从中感受到凡·高心中生动鲜活的自然。

这种对绘画的热情给予他全新的视野。不知不觉间,他开始留意树枝的弯曲和女性脸颊的丰满。

一个秋雨绵绵的黄昏,他从郊区的一架高架桥下经过。

---

① 凡·高,一般指文森特·威廉·凡·高(Vincent Willem van Gogh, 1853—1890),荷兰后印象派画家。1890 年,精神错乱中的凡·高开枪自杀。

一辆马车停在立交桥对面的堤坝下。他经过那里时，觉得有人刚从这里经过。是谁？——事到如今他已无需自问。在这个二十三岁的年轻人心中，有一个割掉耳朵的荷兰人①，叼着一根长长的烟斗，用敏锐的目光目不转睛地注视着这幅雨泣云愁的风景画。

八、火花

他淋着雨踏在柏油路面上。大雨滂沱。他在雨水弥漫中闻到雨衣上的橡胶味。

眼前出现一根发出紫色火花的架空电线，他莫名地激动起来。上衣口袋里藏着他计划发表在他们的同人杂志②上的原稿。他在雨中行走，又抬头看了看身后的架空电线。

架空电线依旧闪耀着尖锐的火花。他纵览人生，已无甚所求。但是，唯独这紫色火花——空中这凄美凌厉的火花，即便用生命交换他也想紧握不放。

---

① 指凡·高。
② 指《新思潮》。

九、尸体

　　尸体的拇指上都用铁丝挂着一个标签，上面写有姓名和年龄等等。他的朋友[①]弯下腰，熟练地用手术刀开始给一具尸体的面部剥皮。皮肤下满是美丽的黄色脂肪。

　　他盯着那具尸体。这正是他为完成某部短篇小说[②]——以王朝时代为背景的短篇所必不可少的。但是尸体散发出的气味，近乎腐烂杏子的气味，令人怫然不悦。他的朋友蹙眉，镇静自若地挥动手术刀。

　　"近来尸体也甚是短缺。"

　　他的朋友说。于是，他不知不觉已经准备好了回答——"如若缺少尸体，那我就毫无恶意地杀人"。当然，这一回答只是藏在他心里。

---

① 或指芥川小学以来的朋友——上瀧崇，东京大学医学部学生。
② 指《罗生门》。

十、先生[1]

他在一棵高大的橡树下阅读先生的著作。沐浴在秋日的阳光之下,这棵橡树的叶子丝毫未动。在远处的空中,有一架垂着玻璃秤盘的天平,正保持着平衡。——他一边阅读老师的书,一边感受着如斯光景……

十一、拂晓

天色渐渐微明。不知不觉间他眺望着某个街角的广阔集市。集市上川流不息的人群和车辆都染上了蔷薇色。

他点了一根烟,悄悄地走进集市。这时,一只瘦小的黑狗突然朝他吠叫起来。然而他并未惊慌失措,甚至有几分喜欢这只狗。

集市中央有一棵法国梧桐向四面八方伸展着枝条。他站在树下,透过树枝仰望遥远的天空。一颗星星正好在他正上方的天空中闪闪发光。

---

[1] 先生指的是夏目漱石。

这年他二十五岁——遇到先生的第三个月。

十二、军港[①]

潜艇内部甚是昏暗。他隐匿在四周的机器中,弯下腰,透过一只小小的潜望镜望去。潜望镜中是明亮的军港景色。"你可以看见那边的'金刚'[②]。"

一位海军军官向他搭话。当他透过四方形的镜片望着这艘小小军舰时,不知为何突然想起了荷兰芹。那种点缀在一份三十钱的牛排上,散发着淡淡香味的荷兰芹。

十三、先生之死[③]

雨后的风中,他走在一个新车站的站台上。天空仍旧昏暗无光。站台另一边,有三四名铁道工人一起上下

[①] 芥川自1916年12月至1919年3月在横须贺的海军机关学校任教,教授英语。
[②] "金刚",巡洋战舰。
[③] 夏目漱石于1916年12月9日去世。

挥舞铁镐，高声喊着号子。

雨后的风吹散了工人们的歌声与感情。他叼上一根烟，却没有点火，感到一种近乎快乐的苦楚。他的长外套口袋里还塞有"先生病重"的电报……

早上六点的上行列车从对面满是松树的山丘背阴处开来，一边飘浮着淡淡烟雾，一边蜿蜒着向这边靠近。

十四、结婚[①]

婚后第二日，他就对妻子发牢骚说："你这样大手大脚花钱，真是头疼。"其实，这与其说是他的抱怨，倒不如说是姨母"要求"他这样说。自然，他的妻子不仅向他，也向他的姨母道了歉。在为他买来黄色水仙花的花盆后……

---

① 芥川龙之介于1919年2月2日与塚本文（1900—1968，后冠上夫姓，名为芥川文）结婚。塚本文是海军少佐塚本善五郎之女，与芥川育有三子，分别为长子芥川比吕志（演员），次子芥川多加志（后战死于第二次世界大战），幼子芥川也寸志（作曲家）。

十五、他们

在大芭蕉叶的阴凉下,他们和睦地生活。——因为他们的家位于一个沿海城镇,离东京整整一小时火车车程。

十六、枕头

他以散发有蔷薇叶气味的怀疑主义为枕,阅读阿纳托尔·法朗士[①]的书。然而他没有发觉,不知不觉间这枕头里也有一个半人半马神[②]。

十七、蝶

一只蝴蝶在充满海藻气息的风中翩然起舞。有那么短

[①] 阿纳托尔·法朗士(Anatole France,1844—1924),法国小说家、评论家、诗人。
[②] 又称半人半马,古希腊神话中的一种怪物,上半身是人类的躯干,下半身是马身。

暂的一瞬间，他感觉蝴蝶的翅膀触碰到自己干燥的嘴唇。然而，多年以后，不知何时留在他嘴唇上的蝴蝶翅膀的鳞粉仍旧闪闪发光。

十八、月

他在一家饭店的楼梯上与她不期而遇。即便是白昼，她的脸看起来亦如同在月光之下。目送她走远（他们素昧平生），他感到一种前所未有的孤独失意……

十九、人造翅膀

他从阿纳托尔·法朗士转向十八世纪的哲学家身上。但是他没有接近卢梭[①]。这或许是他自己的一面与容易被热情驱使的卢梭的这一面相似的缘故。而他冷静理智的

[①] 卢梭，一般指让－雅克·卢梭（Jean-Jacques Rousseau，1712—1778），法国十八世纪启蒙思想家、哲学家、教育家、文学家。被尊称为"浪漫主义之父"，"人类之友"。

另一面却让他与《老实人》①的哲学家更为接近。

对二十九岁的他来说，生活早已全无一丝光明。但是，伏尔泰给予了他人造翅膀。

他展开人造翅膀，不费吹灰之力地飞上天空。同时，沐浴在理智光芒之中的人生的喜怒哀乐，浮沉于他眼下。他在破败的城镇上空投下反讽和微笑，在畅通无阻的空中笔直朝太阳飞去。他似乎忘记了那个因人造翅膀被太阳熔化而坠海而亡的古希腊人②……

二十、枷锁

由于他要为一家报社工作③，于是他们夫妇二人便与他的养父母住到了一起。一份写在黄纸上的契约让他充满信心。然而后来再看这份契约，发现报社没有承担任

---

① 《老实人》，伏尔泰的哲理讽刺小说。伏尔泰（1694—1778），法国启蒙思想家、文学家。
② 希腊神话中，代达罗斯为帮助儿子伊卡洛斯逃脱，为他制造了人造翅膀，并叮嘱其务必在半空中飞行。但是伊卡洛斯并未听从父亲的叮嘱，越飞越高，结果翅膀上的蜡熔化。伊卡洛斯最终掉入茫茫大海之中。
③ 芥川于1919年3月进入大阪每日新闻社工作。

何义务，只有他要承担义务。

二十一、疯子之女[①]

阴云密布的天空下，两辆人力车沿着一条人迹罕至的乡村道路奔跑。根据吹来的海风不难得知，这条路朝向大海。他坐在后面的人力车上，一边纳闷自己对此次约会全无兴趣，一边思考当初究竟是什么引导他来到此处。那绝非恋爱。倘若这并非恋爱——为回避这一问题，他不得不转念思考"总之我们是平等的"。

前面的人力车里坐着的是一个疯子的女儿。不仅如此，她的妹妹还因嫉妒而自杀身亡。

"事到如今已无能为力。"

他已经对这个疯子的女儿——只有强烈动物本能的女人产生了某种憎恨。

与此同时，两辆人力车经过有咸腥气味的墓地外。粘着牡蛎壳的围栏内有几个泛黑的石塔。他眺望着石塔

---

① 推测可能为秀茂子，女诗人。后来秀茂子生下孩子，声称是芥川之子，让芥川精神备受折磨。

那边微微闪耀着的海面，突然对她的丈夫——没能抓住她的心的丈夫——产生了轻蔑之意……

二十二、某画家[①]

那是某杂志的一幅插图。这幅有一只公鸡的水墨画显示出鲜明的个性。他向他的朋友们打听这位画家。

约一周后，这位画家前来拜访他。这是他一生之中尤为特别之事。他在这位画家身上读出了一首无人知晓的诗，不仅如此，还发现了连他自己都不知晓的自己的灵魂。

一个微寒的秋日傍晚，他看着一棵玉米，突然想起这位画家。高高的玉米包裹着粗糙的叶子交错在一起，土里露出神经一般细瘦纤弱的根部。当然，这无疑就是脆弱、易受伤的他的自画像。但是如此发现只是让他平添忧伤。

"为时已晚。可是一旦到了节骨眼上……"

---

① 画家指的是小穴隆一（1894—1966），日本西洋画家。

二十三、她

某个广场前,日薄西山。他拖着低烧的身体,走在广场上。澄澈而微微泛着银色的天空下,几座大型建筑物的窗户里闪烁着电灯的光芒。

他在路边停下,等待她的到来。约五分钟后,她朝他走来,脸上稍显憔悴。然而当她一看到他的脸,就说"我累了",而后露出微笑。他们并肩走过微微昏暗的广场。那就是他们的第一次。为了和她在一起,他愿意放弃一切。

当他们坐上了汽车,她紧紧地盯着他的脸,问道:"你不后悔吗?"他斩钉截铁地回答:"不后悔。"她按住他的手说:"我也不后悔。"此时,她的脸庞好似沐浴着月光。

二十四、分娩

他站在推拉门边,低头看着一位身穿白色手术服的助产妇正在为新生儿进行清洗。每当肥皂沫进入眼睛时,婴儿总是可怜兮兮地皱起脸，还不停地高声啼哭。他一边感受着婴儿如小耗子一般的气味，一边思考——这小家伙为何要来到这个充满苦难的世界？——这小家伙又是为何要背负拥有我这样的父亲的命运呢？

并且，这是他妻子生下的第一个男孩[①]。

二十五、斯特林堡

他站在房间门口，望着几个邋遢的中国人在石榴花盛放的月光下打麻将。之后他回到房间，在一盏低矮的灯下开始阅读《疯人辩护词》[②]。然而还没读两页，他就苦笑起来——斯特林堡在给伯爵夫人，也就是他的情妇的信中，编造着与他大差不离的谎言……

---

① 芥川比吕志（1920—1981），芥川龙之介长子，日本演员。
② 《疯人辩护词》是瑞典作家斯特林堡（1849—1912）的作品。作品以第一人称展开叙述，描述斯特林堡与第一任妻子从相恋到分手的痛苦过程。1875年，两人第一次相见时，女方——一位男爵夫人仍是有夫之妇。后来两人结合，却最终于1891年结束了13年的婚姻关系。

二十六、古代

色彩剥落的佛像、天人、马匹和莲花几乎让他惊为天人。他仰望着它们,忘记了一切,甚至忘记自己得以逃离疯子之女魔掌的侥幸……

二十七、斯巴达式训练

他同友人一起在胡同中步行。一辆带车篷的人力车径直向他们走来。让他意外的是车上坐着的竟是昨晚那个女人。哪怕在这样的白昼里,她的面容也仿若笼罩在月光之中。当着朋友的面,他们自然连招呼都没打。

"她真是位美人啊。"他的朋友说。

他望向道路尽头的春日里的山峰,毫不犹豫地回答:"是啊,很美。"

二十八、杀人

沐浴在阳光之下的乡间道路上飘散着牛粪的臭味。他擦着汗，往缓坡上走去。路两旁已然成熟的麦子散发出阵阵香气。

"杀吧、杀吧……"他嘴里反复地念叨这句话。杀谁？——答案对他来说昭然若揭。他的脑海中的确浮现出一个奴颜婢膝模样的平头男子的形象。

这时，泛黄的麦田对面，不知不觉间露出一座天主教堂的圆顶……

二十九、形

那是一把铁制的长柄酒壶。刻有细细纹样的酒壶不知不觉使他领悟到"形"之美。

三十、雨

他在一张大床上同她闲聊了许久。寝室的窗外下着雨。文殊兰花似乎将要在这场雨中腐烂。她的面庞仍旧如同沐浴在月光中一般。但对他来说,同她交谈已然无趣。他趴在床上,静静地点起一根烟,倏尔想起和她一起生活已经七年。

"我还爱这个女人吗?"

他扪心自问。答案连注视着自己的他本人都感到意外。

"我还爱着她。"

三十一、大地震[1]

那简直就是熟透的杏子的气味。他走在大火过后的废墟上,若有似无地闻到这种气味,觉得烈日下的腐烂尸体的气味竟也没有那么可怕。只不过,站在湖边

---

[1] 大地震,1923年9月1日,日本发生关东大地震。

望着堆积如山的尸体时,他发现"酸鼻"这个词的表达在感觉上丝毫没有夸张。特别是那个十二三岁孩子的尸体,让他的心为之一颤。他望着那具尸体,不知为何内心升腾起一种近似羡慕之感。他想到一句话——"神明所爱皆早逝"。他的姐姐[1]和同父异母的弟弟[2]的家皆被烧成灰烬。姐夫又因为犯伪证罪被判刑,缓期执行……

"所有人都死去,便好。"

他站在废墟之中,不禁如此深切感慨。

三十二、打架

他与同父异母的弟弟大打出手。弟弟无疑常常因他而受到压迫。与此同时,毋庸置疑,他也因弟弟失去了自由。亲戚不厌其烦地对弟弟说:"向他学习。"可这不就如同缚住他的手脚一般。他们仍然扭打在一起,最

---

[1] 芥川的二姐。
[2] 新原得二,出生于1899年,为芥川同父异母的弟弟,母亲为芥川生母的妹妹——富由。富由于1904年正式嫁给芥川生父新原敏三。

终摔到檐廊边——他仍旧记得,檐廊边的庭院里有一株百日红——在彤云密布,阴沉将雨的天空下,开着鲜艳的红花。

三十三、英雄

不知何时,他从伏尔泰家的窗户仰望高山。悬挂着冰河的山上连秃鹰的影子都不见。只不过,有个身量矮小的俄国人[①],不屈不挠地在山路上攀登着。

暮色降临伏尔泰家,明亮的台灯下,他脑海中浮现出那个俄国人登山的身影,写下这样带有倾向性的诗——

你比任何人都恪守十诫[②],
你比任何人都破坏十诫。

你比任何人都热爱民众,

---

① 指列宁(1870—1924),原名弗拉基米尔·伊里奇·乌里扬诺夫,俄国人。世界上第一个无产阶级执政党的创建者。
② 十诫,据《圣经》记载,上帝借由以色列先知和部族首领摩西传达给以色列民众的十条规定。

你比任何人都蔑视民众。

你比任何人都热衷理想,
你比任何人都深谙现实。

你就是诞生于我们东洋的,
充满花草清香的电力机车。

三十四、色彩

三十岁的他不知不觉钟情于一块空地。那里,只有生着青苔的空地上散落着几片砖瓦碎片。但在他眼里,那无异于塞尚①的风景画。

他倏尔想起七八年前自己的满腔热情。同时,他也发觉七八年前的自己对色彩一无所知。

---

① 塞尚,一般指保罗·塞尚(Paul Cézanne, 1839—1906),法国后印象主义画派的代表人物。

三十五、小丑人偶

他曾打算过一种即便任何时候死去都不会后悔的炽热生活。但是与养父母和姨母一起,他仍旧过着需要收敛自己的生活。由此他的生活生出明暗两面。他看着西装店里立着的小丑人偶,心想自己与小丑人偶何其相似。但是,意识之外的他自己——也就是第二个他,老早就将这种心情写进一部短篇小说①里。

三十六、倦怠

他同一个大学生漫步于满布芒草的原野上。

"你们仍旧充满着旺盛的生活欲吧?"

"嗯,——但是您也……"

"不过我却没有了。有的只是创作欲罢了。"

这是他的真心话。说实话,不知不觉中他早已失掉了对生活的兴趣。

---

① 或指《野吕松木偶》。

"创作欲也是生活欲吧。"

他一言不发。不知何时,芒草赤色的穗上清清楚楚地显现出一座活火山。他对这活火山有一种近乎羡慕之情。只是连他自己都不知为何……

三十七、越人

他邂逅了一个才学方面亦能与他匹敌的女人。在写下《越人》①之类的抒情诗后,他才稍稍从这一危机中解脱出来。这种郁郁寡欢,宛如将凝结在树干上熠熠生辉的雪抖落下来一般。

草笠风中舞

何曾落道前

吾名无所惜

汝名尤珍视

---

① "越人"指的北陆之人。《越人》被认为可能是芥川龙之介回应片山广子的第一诗集《翡翠》中的一首诗创作而成。"越人"指的便是片山广子。 片山广子(1978—1957),日本诗人、散文家、翻译家,是堀辰雄(1904—1953)作品《神圣家族》《菜穗子》中的原型人物。

三十八、复仇

那是一家饭店的露台，周围的树木正在萌芽。他在那儿一边画画，一边逗一个少年玩。那是七年前他断绝了关系的疯子之女的独子。

疯子之女点上一根烟，看着他们玩耍。他黯然神伤地画下汽车、飞机。幸而这并非他之子。然而最令他痛苦的是这个少年唤他"叔叔"。

少年不知跑去了何处。这时，疯子之女抽着烟，阿谀谄媚地与他搭话。

"那孩子像你吧？"

"不像，首先……"

"不是还有胎教一说嘛。"

他默不作声，移开了视线。然而，他心底深藏着想要绞杀这个女人的残暴欲望……

三十九、镜子

他在咖啡馆的角落里与友人交谈。友人吃着烤苹果,谈论着近来凛冽的天气。他忽然从如此对话中觉出矛盾感。

"你还是单身吧。"

"不,我下个月结婚。"

他不禁沉默下来。嵌在咖啡馆墙壁上的镜子映出不计其数的他。冷若冰霜地,好似要威胁什么……

四十、问答

你为何攻击现代社会制度?

因为我目睹了资本主义带来的罪恶。

罪恶?我倒觉得你善恶不分。你自己的生活又如何?

——他就这般同天使一问一答。与这位戴着一顶不逊于任何人的礼帽的天使……

四十一、病

他被失眠症侵袭。不仅如此,体力也开始衰退。好几位医生分别给他做出两三种诊断——胃酸过多、胃动力不足、干性胸膜炎、神经衰弱、慢性结膜炎、脑疲劳……

不过,他心知肚明自己的病从何而来。那正是他自我羞愧的同时也对他们恐惧不已。他恐惧他们,他们——他不屑一顾的社会。

一个阴沉将雪的午后,他在咖啡馆的角落里叼着点燃的雪茄,侧耳聆听对面留声机播放的音乐。那是不可思议地渗透进他心灵的音乐。待音乐播完,他上前走到留声机前,查看唱片上的标签:

Magic Flute——Mozart(《魔笛[①]——莫扎特》)

他恍然大悟,打破十诫的莫扎特亦必定承受着苦痛。但是也不至于落到他这个地步……他垂下头去,悄然回到自己的桌边。

[①] 《魔笛》是莫扎特(Wolfgang Amadeus Mozart,1756—1791)四部最为杰出的歌剧其中之一。

四十二、诸神的笑声

三十五岁的他漫步在沐浴着春日暖阳的松林里。此时他想起自己两三年前写过的一句话:"神明之不幸在于,他们无法如我等一般自杀。"

四十三、是夜

夜幕再次降临。波涛汹涌的海在熹微的光亮中不断掀起浪花。在这样的天空下,他与妻子二度结婚①。这让他们神往心醉,同时又让他们痛苦不已。三个孩子与他们一起看着海上的闪电。他的妻子抱着一个孩子,似乎在含悲忍泪。

"你看那里有艘船。"

"嗯。"

"是艘桅杆折断的船。"

---

① 或指1926年7月,芥川一家移居鹄沼之事。

四十四、死

他想趁独自睡觉的机会，在窗格上挂条带子上吊自杀。不过，他刚试着将头伸进带子，一下子感受到了对死亡的恐惧。但是这并非他恐惧死亡那一瞬间的痛苦。他再次上吊时，取出怀表，试着计算缢死的时间。他感到一丝痛苦，之后便陷入一阵恍惚。只要熬过这一段，定能死去。他看了看怀表的指针，直到他感到痛苦大概需要一分二十几秒。窗格子外一片漆黑，只有几声粗壮的鸡鸣声从黑暗中传来。

四十五、*Divan*[①]

Divan（《西东诗集》）再次为他的心灵注入一股崭新的力量。那是他不曾了解过的"东洋歌德"。他看着悠然自得地站在一切善恶彼岸的歌德，一种近乎绝望的羡慕油然而生。在他眼中，诗人歌德要比诗人基督更为伟岸。这

[①] *Divan*，此处指德国作家、思想家歌德（1749—1832）所著诗集《西东诗集》。亦有人译为《东西诗集》。

位诗人心中盛放着雅典卫城①和各各他②,甚至还有阿拉伯蔷薇。若能够拥有些许力量,得以追寻这位诗人的足迹前行——他读完 *Divan* 这本诗作,在一阵强烈的感动平静下来后,不禁对身为生活中的宦官的自己感到鄙夷不屑。

四十六、谎言

姐夫的自杀③陡然击垮了他。今后他须得照顾姐姐一家。至少于他而言,他的未来好似日暮时分一般昏暗。他对自己精神上的破产有种近似冷笑一般的感觉(他对自己的恶行和弱点一清二楚),与此同时,他如往常一般涉猎各种各样的书籍。但是,卢梭的《忏悔录》④中居然也充满英雄式的谎言。特别是《新生》⑤,他还从未见过如同主人公那般老奸巨猾的伪善之人。只有弗朗索瓦·维庸⑥的作品

---
① 雅典卫城,是希腊著名的古建筑群,是宗教政治的中心地。
② 各各他,据圣经记载,耶稣曾被钉在各各他山上的十字架上。
③ 芥川的姐夫西川丰因被怀疑纵火和诈骗保险金,于1927年1月卧轨自杀。
④ 《忏悔录》是法国思想家、哲学家、文学家卢梭(1712—1778)的自传体回忆录。
⑤ 《新生》为岛崎藤村的自传式长篇小说。岛崎藤村(1872—1943),日本诗人,小说家。
⑥ 弗朗索瓦·维庸(约1431—1463?),法国抒情诗人,多次犯偷盗罪。

渗透进了他的心。他在多篇诗作中找到了"美丽的雄性"。

他在梦中都能见到等待着绞刑的维庸。他无数次想同维庸一样坠入人生的谷底。但是他的境遇和肉体上的能量，决不允许他那样做。他渐渐衰弱，正如过去斯威夫特[1]见过的那棵从枝头开始枯死的树木一般……

四十七、玩火[2]

她容光焕发，正如清晨的阳光照射在薄冰上一般。他对她抱有好感，但是并没有和她恋爱。不仅如此，他甚至从未碰过她一根手指。

"听说你想死。"

"嗯。不，倒也不是，与其说想死，倒不如说是厌倦苟延残喘。"

他们这样一问一答后，约定一起赴死。

"这是精神自杀啊。"

---

[1] 斯威夫特，一般指乔纳森·斯威夫特（Jonathan Swift，1667—1745），英国文学家，晚年精神失常。

[2] 这里的女子多被认为是芥川龙之介妻子的好友，自杀未遂的平松麻素子，也有学者提出不同意见。

"双双精神自杀。"

对于自己如此镇定自若,他不由得感到不可思议。

四十八、死

他同她没有死成。他为自己至今没有碰过她的一根手指而莫名感到满足。她若无其事地不时与他交谈,并且将自己带来的一瓶氰化钾递给他,说道:"有了它,我们就能安心落意了。"

那无疑让他心里踏实了一些。他独自坐在藤椅上,望着椎树的嫩叶,不禁反复思索着死亡将给予他的平和。

四十九、制成标本的天鹅

他试图拼尽最后一点力气写下自传。然而没想到,这对他来说并非可以一蹴而就。这是因为他仍有挥之不去的自尊心、怀疑主义、利害得失的计较。他不由得因此蔑视自我。但是他也不禁想到"不管是谁,只要剥开皮一看，大家都一样"。他总是觉得，《诗与真》[①]这一书名，似乎堪称所有自传的名称。并且，他十分清楚，文艺作品未必能打动所有人。他甚至深知，唯有境遇与他相似、性情与他相近之人才能理解他的作品里的倾诉。为此他决心要简略写下属于自己的《诗与真》。

写完《一个愚人的一生》后，他偶然在一家旧货店看见一只制成标本的天鹅。虽然那天鹅伸长脖子站在那儿，却连发黄的羽毛都已被虫蛀食。他回顾自己的一生，不由泪水上涌，冷笑出声。摆在他面前的只有两条路，发疯或是自杀。暮色苍茫之中，他独自走在街头，决心等待那为了毁灭他而缓缓而来的命运。

五十、俘虏

他的一位友人[②]疯了。他一向对这位友人抱持某种亲切感。因为他比任何人都更理解这位友人的孤独。那是

[①] 《诗与真》为歌德的自传性作品。
[②] 朋友指宇野浩二。宇野浩二（1891—1961），日本小说家，原名宇野格次郎。

一种隐藏于愉悦假面下的孤独。他曾在友人发疯后，去看望过他两三次。

"你和我，皆已被恶魔附体。传闻里世纪末的恶魔。"

这位友人压低了声音对他说。两三日后，他听闻这位友人在去往温泉旅馆的途中甚至吃起了蔷薇花。这位友人住院后，他想起送给友人的那座赤土陶俑半身像。那是他的友人喜爱的《钦差大臣》的作者的半身像。他想起果戈理也是发疯而死，不禁感到冥冥之中有股力量在操控他们。

他已然精疲力尽，偶然又读到拉迪盖的临终遗言，再次感觉自己听到诸神的笑声。那句遗言是这样说的："神兵要来抓我。"他想要同自己的迷信、感伤主义作斗争。但是无论何种程度的斗争，他的肉体都已无法承受。那"世纪末的恶魔"无疑正在折磨他。他羡慕中世纪虔诚信仰神明的人们。然而他终究无法信仰神明。换言之，无法信仰神明之爱。甚至连科克托所信仰的神明都……

五十一、败北

他执笔的手开始颤抖。不仅如此,他甚至开始流口水。只有服用 0.8 克佛罗拿之后才能保持清醒,其余时间皆是迷迷糊糊。并且也只能勉勉强强清醒个半小时或是一小时。他在黯淡无光中挨过一天又一天,如同以一把破了刃的细剑为拐杖。

1927 年 6 月遗稿

浅草公园
——某剧本——

一

浅草寺仁王门居中悬挂着一个未点火的大灯笼。大灯笼渐渐被向上吊起，好似在鸟瞰着人来人往的商店街。只有大灯笼的下部还露在外面。门前有无数只鸽子飞来飞去。

二

从雷门直着看过去的商店街。从正面远远可以看见仁王门。树木皆是枯木。

三

商店街的一侧。一个身穿外套的男子与一个十二三岁的少年一起在商店街四处闲逛。少年挣开父亲的手,时不时在玩具店前停下。当然父亲会时不时责备这个少年。只是,偶尔他自己也像忘记少年在身边一样,注视着帽子店的展示橱窗。

四

这对父子的上半身。父亲的确像是个乡下人,留着邋里邋遢的胡子。少年与其说可爱,不如说是长着一张惹人怜爱的脸。他们身后是杂乱无章的商店街。他们朝这边走来。

五

斜着看过去的一家玩具店。少年驻足于这家店前,望着一只在绳上爬上爬下的玩具猴子。玩具店里空无一人。能看到少年膝盖以上部分。

六

在绳上爬上爬下的猴子。猴子穿着燕尾服,仰戴礼帽。这绳子和猴子的后面是一片深沉的黑暗。

七

这家玩具店所在商店街的一侧。看着猴子的少年突然发觉父亲不在身边,惴惴不安地开始四处张望。然后他在对面发现了什么,忙不迭地朝那方向跑去。

八

看起来像方才的父亲的男子背影。他的身影也只能看到膝盖以上。少年追上了这个男人,紧紧攥住他的外套袖子。遗憾的是,被吓了一跳回头看的男子的脸却并非那乡下人父亲。这是一位胡子打理得整洁漂亮,有城里人风度的绅士。少年脸上堆满失望和困惑的表情。绅士丢下少年,急匆匆朝对面走去。少年背对着远处的雷门,一个人神情恍惚地站着。

九

又看到一个似是父亲的背影。只是这次只能看见上半身。少年追上这个男人,战战兢兢地抬头看他的脸。

他们的对面是仁王门。

十

这个男人朝向前面的脸。他戴着口罩,遮住了嘴。比起人脸,他的脸更接近动物的脸,且露出一种让人感受到恶意的微笑。

十一

商店街的一侧。少年目送这个男子,似乎走投无路一般伫立着。不巧的是,无论看向哪里,都寻不到父亲的身影。少年略作思索,开始漫无目的地挪动步子。他没注意到,两个身穿洋装的少女回头看了看他。

十二

眼镜店的展示橱窗。在陈列着的近视眼镜、远视镜、双筒望远镜、放大镜、显微镜、防尘眼镜等等之中，有一个西洋人偶的脑袋，戴着眼镜微笑着。伫立在那窗前的少年的背影。但是只能由后面斜看到上半身。人偶的脑袋兀自变成人类的脑袋。不仅如此，还向少年如此搭话……

十三

"请先买好眼镜。想要找到父亲必须戴上眼镜。"
"我的眼睛没有问题。"

十四

斜着看到的人造花店的展示橱窗。人造花都插在竹笼、陶瓷钵里。其中最大的是左边的卷丹百合。橱窗里的玻璃映照出少年的上半身，却有些像幽灵一般模糊不清。

十五

透过展示橱窗的玻璃，隔着人造花可以看见少年的上半身。少年将手贴在玻璃上。这时，许是呼吸的缘故，玻璃上唯有脸那里变得朦胧不清。

十六

装饰橱窗里的卷丹百合。只是背后一片黑暗。卷丹百合花垂下的花蕾也不知不觉开始逐渐绽放。

十七

"瞧我多美。"
"但是,你不是人造花吗?"

十八

从街角看去烟草铺的展示橱窗。在排列着的香烟罐、雪茄盒、烟斗等等之中,斜斜地挂着一张牌子。这张牌子上写着"香烟之烟是天堂之门"。从烟斗里徐徐升起的烟。

十九

烟雾缭绕的展示橱窗的正面。少年伫立在其右边。但是此次也只看到膝盖以上。烟雾之中模糊不清地开始浮现出三座城堡来。城堡是类似将 Three Castles[①] 的商标立体化后的形象。

二十

这些城堡之一。此城堡城门前，有一个士兵持枪伫立。此外，在铁栅栏门的对面有几棵棕榈在摇曳。

二十一

此城堡的城门之上。旁边不知何时浮现出这样的字句——

"进入此门之人当为英雄。"[②]

---

① Three Castles，英国著名雪茄品牌。
② 此句为但丁《神曲·地狱篇》第三首的诙谐改编。

二十二

朝这边走来的少年的身影。前述的烟草铺的展示橱窗斜立在少年身后。少年回头看了一下,又急匆匆往前走去。

二十三

只看得见吊钟的钟楼内部。有人拉了撞钟木的绳子,钟声缓缓响起。一次、二次、三次——钟楼外面满是松树。

二十四

斜着看去的射击店。靶子后面堆满香烟盒,前面摆着博多人偶。面前陈列着一排气枪。人偶中有一个穿着裙子、手拿扇子的西洋女人。少年提心吊胆地走进这家店,拿起一把气枪,毫无准头地乱射一通。射击店里空无一人。只能看到少年的膝盖以上。

二十五

西洋女人的人偶。人偶静静展开扇子,将脸完全遮住。然后是射中这个人偶的软木子弹。人偶自然而然仰面倒下。人偶背后也只有一片黑暗。

二十六

前述的射击店。少年再次拿起气枪,这次仔细地瞄准靶子。三发、四发、五发……但是没有一发中靶。少年磨磨蹭蹭地掏出银币,走向店外。

二十七

最初只能在昏暗中看见四方形的东西。这四方形的东西里突然电灯亮了,旁边浮现出这样的字——上面是"公园六区",下面是"夜警诘所①"。上面是黑底白字,下面是黑底红字。

二十八

剧场后台的上方。可以看见一扇亮着灯火的窗户。直直地安装有下水管的墙壁上留有各式各样的海报剥落的痕迹。

二十九

这个剧场后台的下方。少年伫立在那里,暂时不打

---

① 诘所,又称屯所。一般指暂时性住宿、小憩、等待的场所。

算去任何地方。而后他仰望高高的窗户。但是，窗户里未见一人。只有一只气势汹汹的牛头狗，一边嗅着少年的气息，一边走过少年的脚边。

三十

同一剧场后台的上方。亮着灯火的窗子里出现一个舞女，冷漠地俯视着下面的道路。如此姿势，自然因为逆光，看不清那女子的面容。但是，她不知何时露出与少年相似的惹人怜爱的表情。舞女静静地打开窗户，向下扔出一束小花束。

三十一

站在道路上的少年的脚下，落下了一束小花束。少年伸手捡起这花束。花束一离开道路，不知何时就变成了一束荆棘。

三十二

一块黑色告示牌。告示牌上用粉笔写着"北风、晴"的字样。但是,这字迹变得模糊难辨,后又变成"南风变强,可能下雨"的字样。

三十三

斜着看见的名牌店的露天摊子。帐篷下排列有德川家康[1]、二宫尊德[2]、渡边华山[3]、近藤勇[4]、近松门左卫门[5]等等名字的样品。这样的名字不知不觉间变成普通常见的名字。不仅如此,在这些名牌的对面隐约现出南瓜田……

---

[1] 德川家康(1542—1616)江户幕府的创立者。
[2] 二宫尊德(1787—1856)江户时代末期农政家、思想家。
[3] 渡边华山(1793—1841)江户时代末期武士、画家。
[4] 近藤勇(1834—1868)江户时代末期武士、新选组局长。
[5] 近松门左卫门(1653—1724)江户时代净琉璃、歌舞伎作者。本名杉森信盛。

三十四

池塘对面排列有几家电影院。池塘里自然映出几盏电灯的影子。站在池塘左侧的少年的上半身。少年的帽子瞬间被风吹到池塘上。少年着急焦躁了许久之后,开始朝这边走来。露出近乎绝望的表情。

三十五

咖啡馆的展示橱窗。砂糖塔、生点心、插有麦秆吸管的苏打水杯等,后面有几个人影在晃动。少年经过这个展示橱窗前,在橱窗左边停下脚步。少年的身影可以看到膝盖以上。

三十六

这家咖啡馆外面。一对夫妇模样的中年男女走入玻璃门内。女人手抱身穿披风的孩子。这时，咖啡馆自己旋转起来，显现出厨房内部。厨房内有一个烟囱。那里还有两个工人不辞辛劳地挥动铁锹。点着一个便携式煤油灯……

三十七

桌前的儿童椅上露出刚才那个孩子的上半身。孩子眉开眼笑，摇头晃脑举着手。孩子身后什么也看不见。不知何时一朵朵蔷薇开始静静落下。

三十八

斜着看去的收银机。收银机前两只手不停动着。当然必定是女人的手。而后是不断被打开的抽屉。抽屉里全是钱。

三十九

前述咖啡馆的展示橱窗。少年的样子丝毫未变。过了一会儿,少年缓缓地回头,快步走向这边。但是,(镜头)只集中在他的脸上之时,他稍微停了一下好似在看什么。脸上或多或少露出近似吃惊的表情。

四十

人群之中站着一个拍卖商人。他在摊开的和服里居中而立,挥着一根腰带,起劲儿地吆喝招揽人群。

四十一

他手里拿着一条腰带。腰带前后左右摆动,一头露出两三尺长。腰带上的花纹是放大的雪花。雪花渐渐旋转,开始不停地落到腰带外面。

四十二

针织品露天摊位。挂着衬衫和裤子的下面,一位老奶奶独自烤着火炉。老奶奶面前也有针织品。其中也混杂有几件毛线织品。火炉边有一只黑猫,不时舔着前爪。

四十三

坐在火炉边的黑猫。猫的左侧还能看到少年的下半身。黑猫亦和原来一样。但是不知何时它头上戴着垂下了长流苏的土耳其帽子。

四十四

"少爷,请买一件毛衣吧。"
"就连帽子我都买不起。"

四十五

针织品店的露天摊子已然在身后。看起来疲惫不堪的少年的上半身。少年开始流泪。但是,他终于抖擞精神,一边仰望高空,一边再次朝这边走来。

四十六

星光微弱的夜空。这时一张大大的脸兀自模模糊糊浮现出来。似是少年父亲的脸。脸上露出既充满爱怜,却又无限悲伤的表情。但是,过了一段时间,这张脸如雾一般不知消失在何处。

四十七

纵看的道路。少年背对这边,走在这条道路上。街上鲜有行人。从少年身后走过去的男人。这个男人略一回头,露出戴着口罩的脸。少年一次也没有回头。

四十八

斜看过去的有格子门人家的屋外。屋前三辆人力车朝后停着。行人仍是不多。一个头戴白帽的新娘和好几个人一起走出格子门,静静地坐上最前面的人力车。三辆人力车都载上人后,载着新娘的那辆先行。之后便是少年的背影。站在格子门前的人们当然不会去注意少年。

四十九

写着"XYZ公司特制品。迷路的孩子、文艺电影"的长方形广告牌。这也变成了身体前后挂着广告牌的广告员。广告员虽然上了年纪,却仍旧像个走街串巷的都市绅士。后面的街道比方才行人多,林林总总的店铺鳞次栉比。少年路过那里,去要了一张广告员派发的广告单。

五十

纵看前述的道路。拄着拐杖的伤兵一个人步履蹒跚地朝对面走去。伤兵不知何时变成了鸵鸟。但是,走了一会儿又变回伤兵。胡同角落里有一个邮筒。

五十一

"快点。快点。说不准什么时候就会死。"

五十二

道路角落里的邮筒。邮筒不知何时变得透明,显露出无数封信重叠在一起的圆筒内部。但是,不知不觉间又变成先前的普通邮筒。邮筒后面唯有一片黑暗。

五十三

斜看过去的艺伎街。前去赴宴的两位艺伎走出点有象征好兆头的灯笼的格子门,静静地朝这边走来。两人皆面无表情。两个艺伎走过后,可以看到走向对面的少年的身影。少年回头看了一眼,露出比先前更为落寞的表情。少年渐渐变小。站在对面的一个模仿歌舞伎艺人声音的矮个子艺人朝这边走来。(镜头)移至他的眼睛周围,看上去却与少年有几分相像。

五十四

在一个大铁环上挂着好几缕假发。假发中间,挂有一块写着"掺有假发束的盘发道具"的牌子。这些假发忽然变成理发店门前的三色旋转柱子。柱子后面也是一片黑暗。

五十五

理发店外。大玻璃窗内有好几个男女在动着。少年经过那里,稍微窥探了一下里面。

五十六

正在理发的男人的侧脸。过了一会儿,他也变成了几缕悬挂在大铁环上的假发。假发里挂着一块牌子。这回,牌子上写着"假发"。

五十七

维也纳分离派风格的医院。少年从这边走过去,爬上石阶。但是刚进门,马上又从楼梯上走下来。少年朝左走后,医院静静地向这边移动,最终只剩下玄关。一个护士推开玻璃门走到外面。护士驻足在玄关处,眺望着远处的某物。

五十八

交叉着放在膝盖上的护士的双手。在前的左手手指上戴着一枚订婚戒指。然而，戒指突然径自落下。

五十九

没有将天空挡得严严实实的只有框的混凝土墙。这墙也径自变得透明。铁栅栏中出现聚集在一起的几只猴子。然后整面墙又变成提线人偶的舞台。舞台是在西洋风格房间的里面。房内有一个西洋人偶提心吊胆地窥视着周围。蒙着面，看起来似乎是潜入这个房间的盗贼。房间的角落里有一个保险箱。

六十

撬保险柜的西洋人偶。只是绑在这人偶手脚上的数根细线清晰可见……

六十一

斜看前述的混凝土墙。墙上已经空无一物。经过这里的少年的影子。之后又出现驼背人的影子。

六十二

从前面斜着向下看的道路。道路上有一片落叶随风转着圈。此时又飘落下来一片比方才更小的落叶。最后还随风飘下一张像杂志广告的纸。不巧的是，纸好像被撕碎了。但是，能够清楚地看到用最大号铅字印的"生活、正月号"。

六十三

　　大常青树下的长椅。树木对面可看到前述池塘的一角。少年走到那里,看上去垂头丧气地坐下。然后开始擦眼泪。此时,方才的那个驼背人也走过来在长椅上坐下。背后的常青树时不时随风摇曳。少年突然盯着驼背人。但是,驼背人却不回头。不仅如此,他还从怀里拿出烤红薯,开始狼吞虎咽地吃起来。

六十四

　　吃烤红薯的驼背人的脸。

六十五

　　前述常青树树荫下的长椅。驼背人依旧吃着烤红薯。少年终于站了起来,垂着头不知走去何处。

六十六

斜着自上而下俯视的长椅。木板长椅上留着一个小钱包。这时，不知是谁的一只手悄悄拿起那个小钱包。

六十七

前述常青树树荫下的长椅。只是，此次长椅是斜着的。长椅上有一个驼背人正在翻看着小钱包里面。不知不觉间，驼背人左右出现了好几个驼背人，最后长椅上全是驼背人。而且他们都一样，各自在专心致志地检查小钱包，互相还在谈论着什么。

六十八

照相馆的展示橱窗。几张男女的照片分别放在镜框里悬挂着。但是，这些男女的脸也不知何时变成了老人。

但是其中只有一张，身着男士长礼服，佩戴勋章，留有络腮胡的老人的半身没有变化。只是那张脸不知何时变成了方才的驼背人的脸。

六十九

从旁边望过去的观音堂。少年经过那屋檐下。观音堂上方悬挂着一弯新月。

七十

观音堂正面的一部分。但是门紧闭着。门前有几个前来朝拜的人。少年走向那边，背对这边，抬头看了看观音堂。然后他突然转身，急忙斜着朝这边走来。

七十一

斜着自下而上看,一个大大的长方形手水钵里浮着好几把长柄竹舀。水面上星星点点地映着灯火。此时憔悴不堪的少年的脸又映照在那水里。

七十二

大石灯笼的下方。少年坐在那里,两手捂脸哭了起来。

七十三

前述的石灯笼下方的后面。一个男人伫立着,在侧耳倾听着什么。

七十四

　这个男人的上半身。当然，只有他的脸没有朝向这边。但是，他静静回头，一看原来是前述的戴着口罩的男人。不仅如此，他的脸不久后变成了少年父亲的脸。

七十五

　前述的石灯笼的上方。石灯笼留下柱子，自己变成火焰燃烧起来。火焰即将燃尽后，那里出现开始绽放的一朵菊花。菊花比石灯笼上的笠还要大。

七十六

　前述的石灯笼的下方。少年和先前相比并无变化。这时一个帽子压得很低的巡警走过来，将手搭在少年肩上。少年大惊失色地站了起来，和巡警说着什么。然后他被警察牵着手,静静地向对面走去。

七十七

前述的石灯笼下方的后面。这次空空如也。

七十八

前述的仁王门上的大灯笼。大灯笼渐渐向上升起,像前述一般好似在俯视着商店街。只有大灯笼的下部还能看见。

1927 年 3 月 14 日